妖怪托顧所

公主招親試煉

5

廣嶋玲子・作　Minoru・繪

林宜和・譯

步步出版

人物
久藏
太鼓長屋房東的兒子
千彌
住在太鼓長屋
的青年按摩師
玉雪
兔子妖怪
彌助
千彌養育的孩子

登場
左京・右京
飛黑的雙胞胎兒子
飛黑
烏天狗妖怪
津弓
月夜王公的甥兒
月夜王公
妖怪奉行所
東方地宮的所長
梅吉
梅子小妖怪

萩乃
初音的奶娘
初音
華蛇族的公主
青兵衛
服侍初音的青蛙妖怪

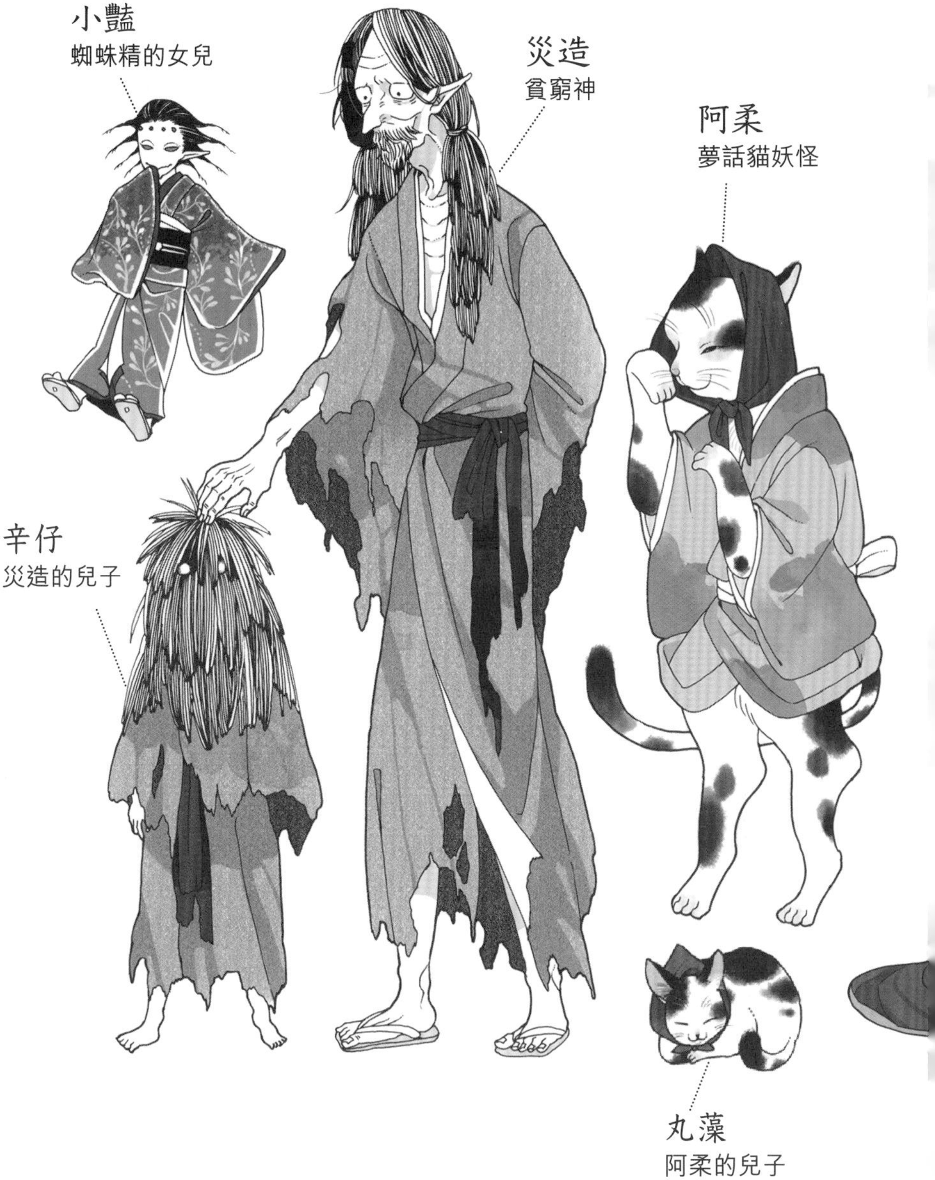

其他人物

- **王蜜公主** 妖貓族的公主
- **蘇芳** 服侍初音的女蛙妖怪，青兵衛的妻子
- **辰衛門** 久藏的父親

目次

妖怪托顧所

5

【公主招親試煉】

妖怪公主招親

在江戶[1]的平民住宅區，有一間簡樸的長屋[2]，裡頭住著一個叫彌助的少年。他的個子不高，膚色微黑，有一對靈活的大眼睛。彌助看起來很普通，卻做著一份特殊的工作——他專門受託照顧妖怪的小孩，也就是「妖怪托顧所」的主人。

剛開始，彌助經常被妖怪耍得團團轉，不過現在他已經見怪不怪了，最近更是很少有事情能嚇得了他……除了那個夏天晚上。

當時，彌助驚訝得眼珠都差點掉下來了。

不只是彌助，就連養育他長大的千彌，見了那情景，也繃起俊秀的臉，說不出話來。千彌從前是叱吒風雲的大妖怪白嵐，如今卻只是個疼愛彌助成痴的盲眼按摩師。

而讓他們這麼頭疼的，是一個叫久藏的男人。

1 江戶：江戶時代的東京舊稱。

2 長屋：每戶獨立但是外牆相連，平行成列的傳統日本住宅。

1

被擄走的戀人

「我的戀人被擄走了！我要把她搶回來，你們幫幫我呀！」久藏大嚷大叫著衝進長屋。

久藏是這間「太鼓長屋」房東的兒子，現年二十五歲。他不喜歡幫忙家業，整天遊手好閒在街上遊蕩，是個到處拈花惹草的花花大少。

但是，最近久藏卻像變了個人。他不再花天酒地，也很少上門騷擾彌助和千彌。聽說是因爲他有了固定的戀人。

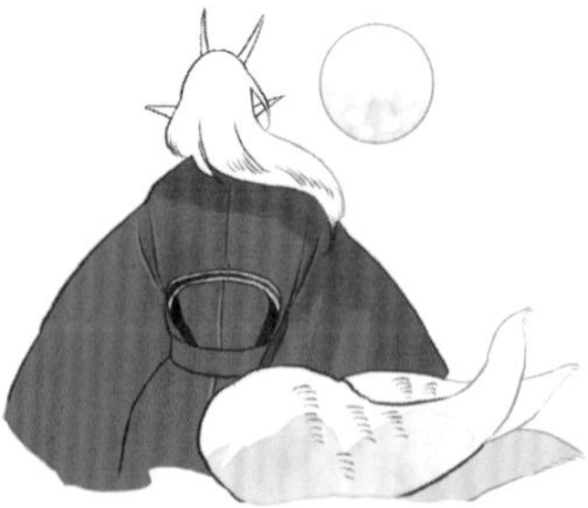

當彌助聽到這個謠言時，不禁咕噥：「是誰那麼不幸，會愛上這樣的傢伙呀？」

現在，這傢伙嘴裡嚷嚷，說他的戀人被擄走了。

彌助和千彌不明就裡，只能愣在當地。

半晌，彌助才開口：「喂，你說什麼？是怎麼回事？」

「怎麼回事？就是說，我的戀人被搶走啦！就在我的面前，當場被擄走咧！那些傢伙未免太可惡了！我絕不放過他們！」久藏咬牙切齒。

對著快失去理智的久藏，千彌冷靜的問：「既然你知道是誰擄走她，為什麼來這裡求救？」

「是啊！你不該來這裡浪費時間，趕快去奉行所[3]報案，或是去找道上大哥把她搶回來啊！」彌助沒好氣的說。

但是，久藏聽了卻猛搖頭：「我不能去拜託那些傢伙啦……因爲把我戀人擄走的，不是人嘛！」

聽他這麼說，彌助更不懂了：「不是人？那是什麼呀？」

「所以說，是妖怪啦！那些妖怪突然衝進來，把她擄走了！他們大搖大擺的說『把我們的寶貝公主還來！』我要出手阻止，就被他們打昏了，你看我頭上腫這麼個大包呀！」久藏哭喪著臉說。

「這個包沒什麼大不了啦！什麼叫……寶貝公主啊？」彌助好奇的問。

「唉呀，我的戀人可不是普通人，她好像是哪裡的妖怪大千金喔！」久藏這麼說，卻激怒了彌助：「你開玩笑也不能太過分啊！」

「開玩笑？我可是比誰都認眞呀！」久藏似乎不明白。

「因為……這種荒唐的話，誰相信啊？」彌助勉強反駁。

「我是說眞的、眞的！一點都不假啦！」久藏大嚷。

這時，千彌又開口了：「那麼，你為什麼來找我們呢？」

「因為，我的朋友當中，只有千彌是妖怪啊！」久藏說著，眼神始終沒離開千彌。

千彌聽了，表情依然紋絲不動，彌助的臉上卻頓時失去血色。他怎麼會知道？久藏怎麼知道千彌的眞實身分？不、那是不可能的！

彌助勉強擠出笑容，對久藏說：「你、你、你胡說什麼？千哥怎會不是人類？」

「小狸助，你不必再隱瞞了！我知道阿千原來是什麼啦！」久藏的聲音出奇冷靜，彌助不由自主的伸手抓住千彌肩膀，臉色更加蒼白了。

千彌悄悄握住彌助伸過來的手，輕輕嘆息道：「我是一直有這種感覺啦。久藏雖然看起來玩世不恭，其實看人的眼光很銳利。」

「沒錯喔，我發現阿千很多地方都不太像普通人。但如果不把你當成人類，就覺得沒什麼奇怪了！」久藏說。

「你是什麼時候發現的呢？」千彌問。

「大概是六年前，有一天晚上我喝醉了，想到外頭吹風，當時不知道爲什麼，迷迷糊糊就爬到屋頂上。那是我這輩子第一次碰到妖怪！」久藏激動得身體都抖了起來：「那個妖怪長得冷俊絕美，令人發寒，雖然外表是個年輕男子，卻垂著三條像白狐狸般的長尾巴。」

那是月夜王公啦！彌助心裡暗道。

月夜王公是妖怪奉行所的所長，也是命令彌助開辦妖怪托顧所的大人物。他的個性高傲又難纏，令彌助十分畏懼。

可是，彌助還是覺得不解。六年前他還沒有跟妖怪接觸過，也不知道千彌就是妖怪。那時候的他，整天只會纏著千彌不放。為什麼月夜王公會來看他們呢？

彌助歪著頭想不通，只聽久藏繼續說：「我看見那妖怪就站在屋頂上，動也不動的往下望。我好奇的跟著他看去，原來底下就是阿千。那時候，大概是彌助作惡夢哭醒了，阿千到屋外打井水，要端回去給彌助喝。那個屋頂上的妖怪，用一種說不出來的表情，直直俯視著阿千。」

彌助不知該說什麼。

「我一看到那景象，就知道那妖怪跟阿千有特別的關係。如果阿千和妖怪有關係，那麼阿千可能也不是人類，我這麼想沒錯吧？」

「那麼……那妖怪後來怎麼了？」彌助好不容易才開口。

「那妖怪大概察覺我在附近，瞬間就消失了……我要是把這件事告訴別人，誰都不會相信吧？」久藏說。

千彌沉默不語，彌助只好問久藏：「你、你既然知道，為什麼都不跟我們說？」

「因為，你們就是一副想保密的樣子啊！別人想隱藏的祕密，就算追著問也沒用嘛！」久藏聳聳肩，隨即正色道：「總之，我不是來追究阿千的身分，而是要幫我的戀人討救兵。無論如何我都要把她搶回來，拜託阿千想想辦法呀！」

「話先說在前頭，我現在已經沒剩什麼法力了！」千彌平靜的說。

「那你總有辦法跟他們聯絡上吧？我只要知道她被帶去哪裡，之後會自己想辦法。我絕對不會給你們添麻煩，拜託拜託啦！」久藏說完，忽然撲通就跪下去。他拚命磕頭懇求的樣子，連彌助都有點感動了。

想不到，整天吊兒郎當的久藏，竟然會這樣向人磕頭。他對戀人可眞是痴心啊，而且對方還是個妖怪……。

彌助望向千彌，只見千彌輕輕點頭，對久藏說：「好吧，那麼我就幫你。不過，我能做的只是幫你想辦法喔！」

「那樣就很夠了！阿千，太感謝了！」久藏向千彌雙手合十。

彌助問千彌：「我們要請誰幫忙？月夜王公嗎？」

「你想他會對這種事伸出援手嗎？」千彌苦笑道。

「應該是不會。那怎麼辦呢？」彌助又問。

「就拜託對這種鬧劇最有興趣的妖怪吧！」千彌說完，臉上浮起有點複雜的笑容。

3　奉行所：江戶時代掌管行政和司法的官府，擁有很大的權力。

2

妖貓公主伸援手

那天晚上，玉雪來了。玉雪是把彌助當弟弟般疼愛的兔子妖怪，因爲法力微弱，她在白天只能回復兔子原形，到了晚上，才變成白白胖胖的女人模樣，到彌助家幫他照顧妖怪小孩。

玉雪一來，千彌就把她叫到一邊低聲說話。她聽完後，臉色瞬間一變：「眞的……好嗎？一定要這麼做嗎？」

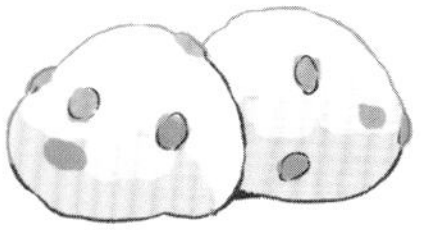

「沒問題，妳去叫她吧！」千彌說。

「好、好的。」玉雪說完，就消失不見了。

不一會兒，她就帶著一名少女回來了。那少女看起來只有十歲左右，卻長得超乎尋常的美麗。她的頭髮像雪一樣白，有一雙貓眼般的金黃色瞳孔，豔紅的嘴唇十分嬌俏，卻帶著威懾氣息。等在一旁的久藏，乍見這麼一個兼具非凡威儀和妖氣的少女，眼睛都瞪圓了。

另一邊，彌助卻悄悄嘆了口氣。他本來還在想玉雪是去叫誰，原來是這個妖怪啊！

王蜜公主是喜愛蒐集魂魄的妖貓族公主，個性任性又霸道，誰也猜不到她會做出什麼事來。

「好久不見了！白嵐、彌助，最近都好嗎？」王蜜公主嬌滴滴的問：「這裡好像發生了什麼有趣的事呢，你們找我參一腳，可眞令人高興哪！到底是什麼事？趕快告訴我呀！」

面對興致勃勃的王蜜公主，千彌指著久藏道：「這傢伙的戀人被妖怪擄走了！請妳帶他去找找吧！」

「爲什麼我得答應你呢？」王蜜公主故意問。

「因爲這事跟妳有關啊！說到底就是妳引起的，所以妳得負一部分責任，幫忙解決他的問題！」千彌說。

「咦，怎會跟我有關呢？」王蜜公主不解的偏著頭，盯著久藏。

忽然，她恍然大悟似的大笑起來：「原來如此，你就是那個愛上妖怪公主的人類啊？那這件事確實跟我有關了！那好那好，我就幫你忙吧！」

「感、感謝！太感謝了！」久藏不斷行禮。

「小事，不用多禮啦！對了，把你的心上人擄走的，是什麼樣的妖怪呢？」王蜜公主問。

「那是……事情發生得太快了。當時我們正在庭院裡納涼，忽然一團黑雲降落在庭院當中，然後出現一輛大牛車，牛車裡跳出好多隻大青蛙，不由分說就把我的戀人押進牛車帶走了！」久藏氣呼呼的說。

「青蛙……那麼，指揮他們的是不是一個女人？那女人穿著鑲銀線的淡黑色和服，對不對？」王蜜公主問。

「對，就是她！」久藏趕緊點頭。

果然如此！王蜜公主呼了口氣，說：「那麼，她會被帶去的地方只有一個……不過要把她搶回來很難哪！說不定會讓你送命，你有這樣的覺悟嗎？」

「是的！」久藏緊繃的臉上，出現了另一種神情。他堅毅決然的直視著妖貓公主。

王蜜公主輕笑起來：「很好，我喜歡你的勇氣！那麼我們就去吧！」話一說完，公主便消失無蹤，同時，久藏也不見了。

千彌對驚呆的彌助說道：「久藏的事就交給妖貓公主處理了。她雖然很任性，但還是信守承諾的。我想大概沒問題吧！」

「眞、眞的沒問題嗎？」彌助好像還不放心。

「咦，你不是常說，希望久藏遭到報應嗎？」千彌揚起眉毛。

「是沒錯，不過這回牽連到他的心上人，有點教人擔心哪！」彌助說。

「你眞是個善良的孩子。」千彌溫和的笑起來：「事情總會解決的。久藏是個堅強的傢伙，身手也很靈活，不管躲藏還是逃命，他的手腳比誰都快，應該不會有事的。」

「千哥是在稱讚他嗎？」彌助有點詫異。

「是啊！我認可久藏的能力，也挺喜歡他喔！所以，希望久藏加把勁，應該會成功的！」千彌說。

彌助啞然無言。

「對了，你餓不餓？想吃點什麼嗎？」千彌關心的問。

「啊，我正好有帶紅豆麻糬來。」玉雪插嘴說。

「太好了！彌助最喜歡紅豆麻糬了。我去泡茶，你們先坐下來吃吧！」千彌高興的說。

「茶還是讓我泡吧！」玉雪和千彌爭著要服侍彌助，令他只能苦笑。

彌助畢竟是人類，無法像妖怪一樣乾脆的轉換情緒。他還是有點為久藏擔心，只好在心裡說著：「加油啊！」默默的給久藏一點鼓勵。

3

華蛇族的宮殿

久藏眼前出現一座豪華的宮殿。正中是一棟主殿，左右各連接一長列側殿，黑色的屋頂非常莊嚴，淡紫色雲朵圍繞四周，朱紅梁柱美麗精緻，彷彿是古代王公貴族的居所。久藏躲在中庭茂密的草叢間，剛剛他一眨眼就從太鼓長屋被帶來這裡，依稀只記得好像是由空中飛下來的。

王蜜公主已經不在，她把久藏送到這裡，丟下一句：「你的戀人

就在那座宮殿裡面，你偷偷溜進去吧！」說完便消失了。

久藏一個人被丟在這陌生的地方，不由得感到不安，但是他天生就有一股蠻幹傻勁，使得他很快就重新生出勇氣。總之，既然已經被帶來戀人所在的地方，接下來就靠自己了。

久藏從金絲桃樹叢裡往宮殿方向窺探，只見偶爾有幾個美麗的女子出現在走廊上。他還看見個頭像小孩般大的青蛙，他們都穿著和服，用兩隻後腳站著，看起來像是僕役。

不過，整座宮殿是安靜的，顯然裡頭的妖怪並不多。久藏看準沒人的時機，一口氣衝出躲藏的地方，往走廊跑去。當他跑到廊下，才發現宮殿大得驚人，房間多得彷彿數不清，走廊也長得看不到盡頭。

「這可糟了！」久藏暗叫。房間太多，要是一間一間去找，可能到天亮還找不完。他心裡暗忖：「要是我有個寶貝女兒，擔心她會被壞人抓去……我當然得保護好她。我一定會把她放在宮殿最深的房間，因為那裡最安全。」想到這裡，久藏就悄悄往走廊深處前進。

一會兒，耳邊響起輕微的啜泣聲。那是年輕女子的哭聲，沒錯，是她在哭！久藏拼命往前跑，循著聲音的方向狂奔過去。

他打開一扇畫著白色孔雀的紙門，門內是一個很大的起居間，有個年輕女子正掩面蹲在房中央。

「初音！」久藏叫道，拔腳衝進去。

那女子一見是久藏，破涕為笑道：「久藏！」

「妳沒事吧？沒受傷嗎？」久藏抓住初音雙手，卻忽然臉色大變：

「妳、妳是誰？」

「你說什麼？」那女子訝異道。

「妳看起來和初音一模一樣，可是，又不一樣……妳究竟是誰？」久藏吃驚的問。

呵呵，初音笑了起來。下一瞬間，久藏只覺有一股巨大的力量壓在自己背上。

「哇——！」他大叫一聲，撲倒在地，絲毫無法動彈。

久藏像被壓扁的青蛙一般，眼睜睜看著眼前的初音形貌漸漸改變，最後，變成一個四十歲左右的女人。

那女人用刀鋒般銳利的目光俯視久藏，說道：「想不到被識破了，你倒是挺機靈的嘛！」

「呃……妳、妳把初音怎麼了？」久藏努力擠出聲音。

「哦，還說得出話呀？倒是挺厲害。不過一切到此爲止，我不會讓你見到公主的，你就給我消失吧！」女人冷冷的說。

「呃——哇——！」背上的力道愈來愈大，久藏忍不住呻吟起來。他覺得自己的骨頭好像快被碾碎了，雖然極力掙扎，卻動彈不得。

就在久藏眼前逐漸發黑的時候，忽然，那股強大的力量消失了。只聽耳邊傳來那女人惱怒的聲音：「您幹什麼？是來攪局嗎？」

「正是！」有人朗聲答道。

久藏勉強轉動脖子，往聲音的方向看去，原來是王蜜公主。只見她一頭銀髮飄逸，臉上帶著邪魅的微笑，亭亭站在那裡。

「眞是好險啊！久藏。還撐得住嗎？」王蜜公主問。

「妖、妖貓、公主……以爲、妳、回去了！」久藏斷斷續續的說。

「開玩笑，這麼好玩的事，我怎麼可能錯過？我可是一直在看著呢！你能摸到這宮殿最深的地方，還挺有本事嘛！」王蜜公主笑道。

「妳在看……那、那為什麼，丟下我、一個人啊？」久藏抗議。

「要是出手幫你，就不好玩了呀！好啦好啦，看你快不行了，這不是趕來救你了嗎？看我多麼仁慈啊！」王蜜公主一副看好戲的模樣，令久藏只能虛弱的苦笑。

4

那個叫久藏的男子

華蛇族公主的奶娘萩乃現在非常火大。她忍住怒氣，瞪著坐在面前的王蜜公主。

「王蜜公主，請您不要任性，隨便插手別人的事。這次可不是鬧著玩的。」萩乃重重的說。

「別這麼說，萩乃。我知道妳身爲初音公主的奶娘，是有多麼寶貝她。不過，我也喜歡初音公主，所以才希望她得到幸福。」王蜜公

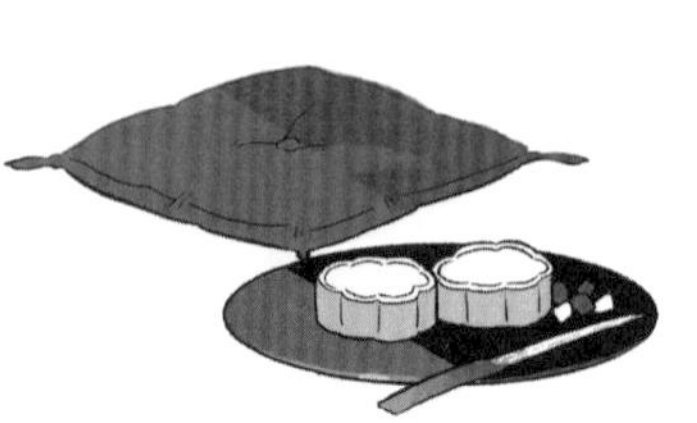

主毫不退讓。

「您既然喜歡初音，爲什麼會站在人類那邊呢？」萩乃不服氣的問。

對著眉毛吊得老高的萩乃，王蜜公主金色的眼睛緩緩一轉，瞪了過去：「我才要問妳呢！你們華蛇族是最看重戀愛的一族，既然初音喜歡那個叫久藏的男子，爲什麼妳硬要拆開他們呢？妳這樣做，不是在破壞華蛇族的風評嗎？」

「那個人類長得粗枝大葉，又不屬於華蛇一族，怎麼配得上我們公主！」萩乃怒道。

「那麼，當初妳爲什麼挑一個不是華蛇族的丈夫呢？聽說妳那時候還非他不嫁，鬧得轟轟烈烈呢！」王蜜公主回嘴。

「那是兩碼子事！」萩乃馬上反駁：「至少我挑了一個同樣是妖怪的丈夫，如果對方是人類，我就不會考慮了！」

「有什麼不同呢？」王蜜公主輕輕一笑，偏頭問道：「對了，初音公主怎麼樣了？她被你們硬拖回來，大概哭得稀里嘩啦吧？」

「那倒沒有。」萩乃皺起眉頭：「她一開始的確是大哭大鬧，可是沒過多久，她忽然就不哭了，只說要進廚房。」

「廚房？她想做什麼呀？」王蜜公主訝異道。

「她叫在廚房工作的青蛙教她做菜。她說，自己總有一天要回到那個人身邊，乾脆趁這段時間，好好學做幾道像樣的菜。」萩乃說。

王蜜公主聽了，眼睛瞪得好大，接著大笑起來：「哈哈哈！初音公主變得好堅強，看來她真的很愛久藏啊！」

見萩乃一句話都說不出來，王蜜公主便趁機勸她：「妳就不能更信任初音公主一點嗎？她可是被妳當作心肝寶貝般呵護養大的，她看上的對象應該總有些可取之處吧？」

萩乃依然沉默不語。

「大家都說華蛇族是爲戀愛而活的族類，若妳硬是毀了初音公主的戀情，害她心碎怎麼辦呢？妳不擔心嗎？」

「我……我當然不想那樣。」萩乃猶豫的說。

「那麼，妳就再多觀察他們一下吧！再說，妳一定也不希望被可愛的公主叫做鬼婆婆吧！」王蜜公主加重語氣道。

最後這句話大概奏效了。萩乃的臉色頓時灰暗下來，接著，她恨恨的說：「好吧！既然王蜜公主都說到這裡了，我就再觀察一下久藏。

我現在就去找討厭那傢伙的人，看人家怎麼說他。」

「要打聽一個人，通常不是去問他的朋友嗎？」王蜜公主疑惑的問。

「不，要問他的敵人，才能知道他的本性。我想找的是討厭久藏的人。」萩乃說。

王蜜公主聽了，微微一笑，道：「那正好，我有個合適的人選。」

彌助現在一肚子火。他的雙頰氣鼓鼓，牙齒磨得吱吱作響。

前一刻，彌助還在太鼓長屋後面的廁所。他剛解完手，正心情舒爽的要回屋裡找千彌，忽然被誰抓住後領提起來。

「抱歉呀，彌助。有人想打聽久藏的事，麻煩你走一趟了！」

一個甜膩的聲音傳來，接著，彌助只覺身體快速飛轉，令他想吐，然後……等他看清楚，已經被丟進一個很大的房間了。

那個大房間的主人，大概是想好好招待彌助，只見榻榻米上鋪著紅色的坐墊，還擺著可愛的甜點和熱茶。

彌助一開始的不安馬上轉成憤怒。他知道，把自己從廁所抓來這裡的，一定是王蜜公主，不過理由未免太莫名其妙了！想打聽久藏的事，爲什麼非找上他不可呢？

「太討厭了！久藏每次都說不會給我們添麻煩，可是最後一定會把我們扯進來。那傢伙實在太討人厭了！」彌助氣得不停碎碎念。一會兒，紙門被拉開了，一個女人走進房裡。

那女人穿著一襲銀灰的和服，上頭披一件淡黑色的外套。她雖然不算年輕，容貌卻十分美麗。

彌助不禁坐直身體，只見那女人輕輕低頭，說：「我是華蛇族的萩乃，你就是開妖怪托顧所的彌助吧？很抱歉用魯莽的方式請你過來。不過，我也是不得已。就請你息怒，聽我說明一下好嗎？」

「好、好吧！」彌助有點被萩乃的威嚴震懾，只得點頭答應。同時，他想起自己聽過華蛇族的名號：「莫非妳是初音公主的同族？」

「你認識公主嗎？」萩乃問。

「嗯，稍微知道一點……」彌助猶豫的答道。

「那麼，你一定知道初音公主的戀人，是那個叫久藏的人類吧？」萩乃追問。

「那個……咦？咦……！怎、怎麼可能？是真的嗎？那個初音公主跟久藏……？」彌助驚訝得語無倫次。

「很可惜，是眞的。」對著瞠目結舌的彌助，萩乃的表情垮了下來，顯然她並不喜歡久藏。

彌助心想，難怪萩乃不高興。爲什麼初音會看上久藏呢？初音不是只喜歡美男子嗎？所以她當時才會看上千彌。雖然久藏長得也不錯，不過比起千彌可就差太遠了！

彌助抱著雙臂，怎麼也想不通。初音公主說她是被千哥狠狠教訓一番後才愛上人類的……可是，爲什麼她追不到千哥，卻挑中了久藏呢？

這時，萩乃緩緩靠近彌助，她狹長的眼角上揚，正色道：「彌助，我想問你一件事。久藏到底是什麼樣的人？他的心地好不好？請你老實告訴我。我是初音公主的奶娘，想知道那個人類究竟配不配得上公主。」

「萩乃……妳不是初音公主的親娘嗎？」彌助遲疑的問。

「不是，我只是奶娘，公主另有親生的母后。不過，公主是我養大的，就像我的親女兒一般。如果嫁給久藏會讓她不幸，我就絕對不允許這段感情。」萩乃瞪著彌助，嚴厲的催促道：「現在王蜜公主把千彌壓著，不讓他來找你，不過，她說撐不了太久。所以我的時間很有限，請你馬上告訴我久藏的事，快說！」

「是、是！」彌助只好想到什麼說什麼了。

久藏是個說話隨便，愛和女人玩樂的花花大少。

久藏只喜歡愉快的話題，最討厭辛苦工作、被人說教和無聊的男人。

久藏一年到頭都被討債的人追著跑，他逃跑的速度倒跟動物一樣快。

久藏最愛喝酒和吃天婦羅，最討厭吃小黃瓜……。

彌助連珠炮般說了一堆久藏的事，連他自己都覺得驚奇。不過，算來他跟久藏也認識多年了，知道這麼多一點都不奇怪吧。

一口氣說完一大串，彌助總算歇口。

一旁靜靜聆聽的萩乃，深深嘆了口氣：「他的確是個……無可救藥的男子啊！」

「久藏的確是無可救藥，他交過好多女朋友，沒有一個是長久的。喔，不過……」彌助好像又想起什麼。

「不過什麼？」萩乃追問。

「久藏雖然和女朋友都交往不久，卻都是和平分手。至少他……沒有讓女人哭哭啼啼吧！」

萩乃聽了，不發一語。

「對了，我們那一帶的老爺和太太們，有什麼事拜託久藏，他都很爽快的答應。他倒是……挺會照顧人的。」彌助又說。

萩乃有些意外的問：「你不是很討厭久藏嗎？」

「我當然討厭他啦！太討厭了！可是……他不是壞人，他絕不會歧視人或其他動物，也不會欺負弱小，這是肯定的！」彌助老實說道。

萩乃沉默了好一會，才平靜的問：「你認為……公主嫁給他會幸福嗎？」

「這……我就不知道啦！」彌助兩手一攤。

「說的也是……啊，王蜜公主的法術好像破了！」萩乃忽然說。

「咦？」彌助嚇了一跳。

「我得在白嵐趕來以前快點脫身。」萩乃說完，匆匆起身往門口走去。臨去前，她又轉過身，對彌助微微笑道：「謝謝你告訴我這麼多……請轉告白嵐，我已經備好送你們回去的轎子，就拜託他原諒我吧！」說完，她就消失在門外。

萩乃才剛消失，只見怒氣沖沖的千彌就衝進來了。

5

三道試煉

久藏被萩乃關在一間小倉庫裡，沒有鋪榻榻米的地板又冰又涼，還好他的手腳沒被捆綁，可以自由走動。只是，不知道爲什麼無法靠近門口，只要他一走近門邊，就會出現霹靂啪啦的小小雷擊，電得他手臂發麻。試過幾次之後，久藏只好放棄逃跑。

「好吧，反正大概不會被殺掉，就先按兵不動，等人出現再說。只是……屁股開始著涼啦！即使我是不速之客，不敢跟他們要茶喝，

至少也給我一個坐墊啊！」

久藏正咕噥著，忽然傳來輕輕的聲響，門被推開了。

「失禮了！」低頭走進來的，是一隻個子像人類小孩般大的青蛙。他青綠色的身體披著褐色外套，腰間繫著黑紅相間的腰帶，從外套底下露出的一截纏腰短褲看來，他是一隻雄蛙。

雄蛙搖搖擺擺的走到久藏跟前，跪下來磕一個頭，說：「小的叫做青兵衛，是這座宮殿裡供公主差遣的僕從，請久藏少爺多多指教。」

久藏一時答不了話。雖然會說話的青蛙還挺嚇人，但他恭謹的態度倒教人感動，這比街上任何一個小孩都懂禮貌啊！

「啊……啊，嗯，也請你多指教。對了……青兵衛，你說的公主就是初音吧？」久藏呑呑吐吐的問。

「是的。小的受初音公主的奶娘萩乃交代，要傳話給您，您願意一聽嗎？」青兵衛禮貌的問。

「好、好的。」久藏趕忙坐正聆聽，青兵衛就像背書般開始朗誦：「華蛇族初音公主之奶娘萩乃傳話予久藏，你身爲人類竟敢拐騙本族公主，委實不可原諒。不過，經妖貓族公主從中排解，加之初音公主動情至深，無可奈何。爲此，本宮決定考驗你的心意，就給你三道試煉。若你想再見公主，請先通過三道試煉。傳話如上。」

青兵衛說完，又低頭行一個禮。

久藏聽了，不禁呼了一口大氣。他原以爲會被禁止與初音相見，想不到萩乃居然給他留下一絲希望。

「不過，這三個試煉……能不能挑輕鬆一點的？我可是沒做過粗活的公子哥，比筷子重的東西都不想提欸！拜託你去告訴萩乃娘娘好嗎？」久藏開始討價還價了。

「您別說笑了！小的要是給萩乃娘娘亂出主意，可是會送命的。您看小的這樣，可是有一個老婆和五十六隻蝌蚪寶寶要照顧。在看見寶寶們生出手腳以前，小的可還想好好活著。」青兵衛嚴詞拒絕。這下換久藏不好意思，只得低下頭。

青兵衛站起來，說：「總之，小的傳話完畢。外頭有一部轎子等著您，請隨我來。」

「咦，去哪裡啊？」久藏嚇一跳。

「萩乃娘娘交代，得把久藏少爺平安送回人間。」青兵衛說。

「咦，我不是得待在這裡接受試煉嗎？」久藏不解的問。

「不，萩乃娘娘還得考慮，究竟要出什麼樣的試煉，請您先在自己家裡等等。這邊請吧！」青兵衛伸手說。

就這樣，久藏被送出華蛇族的宮殿。雖然他在上轎子以前，曾經要求見初音公主一面，卻又被拒絕了。

「那麼，能不能拜託你傳話給初音？請告訴她，雖然我們暫時無法相會，請她要保重身體。還有，我一定會想辦法來接她，請她不要哭喔！」久藏叮囑青兵衛。

「明白了。」青兵衛猶豫一下才答道：「小的會傳話。那麼請上轎吧，小的送您回去。」於是，久藏就被送回家了。

幾天之後，青兵衛又來了，他來向久藏傳達第一道試煉內容。

久藏神情緊繃，直直盯著青兵衛。這幾天他不斷在想像，將會碰到什麼樣的試煉。是要跟鬼怪打架，還是要跟幽靈比膽量？也許是跟仙人較量智慧也說不定。總之，一定不簡單啦！

久藏原以為自己已經很有覺悟，沒想到實際下達的試煉內容，卻完全出乎他的想像。

聽完青兵衛的傳話，久藏張口結舌，臉都綠了。接著他提起腳，拼命往太鼓長屋飛奔而去。

6

久藏的懇求

彌助看起來很不高興，坐在旁邊的千彌也沉著臉。

在他倆面前的，是趴在地上磕頭的久藏：「拜託，眞的拜託！我這麼做也是不得已啦！可是，他們都不考慮我的立場嘛！」

「爲什麼我們非得被你捲進去不可呢？我們已經快被煩死啦！」彌助埋怨道。

「就是說啊！你說自己會想辦法，我才去幫你找王蜜公主。可是後來，你知道彌助遭遇到什麼嗎？他被一個叫做萩乃的公主奶娘抓去華蛇族宮殿欸！」千彌也抱怨道。

「咦，你也去那宮殿了？」久藏驚訝的問。

彌助瞪了他一眼，說：「不是我要去，是被抓去的啦！有人盤問我某人的事，這個也問那個也問，太不愉快了！」

「是啊！他們硬把我跟彌助拆開，讓這孩子受了多大驚嚇啊！久藏，我暫時不想聽到你的聲音，請回去吧！」千彌冷冷的說。

「對啊！回去回去！」彌助揮手趕他。

見兩人態度堅持，久藏只得拼命懇求：「拜託幫幫我嘛！我能不能娶老婆，就看這次了！難道你們要害我一生都結不了婚嗎？」

「你可以不娶華蛇族的公主啊！另外找別的對象，說不定還能找到更好的。找到更好的再結婚不就得了！」千彌無所謂的說。

「千、阿千啊！」久藏浮出兩泡眼淚：「都這種時候了，你怎麼可以說這麼無情的話呀？你就不能爲我著想一下嗎？這不才是眞朋友嗎？」

「千哥才不是你的朋友！」彌助插嘴道。

「小狸助，你住嘴！你不能老是一個人霸占千彌啊！再說，你不也是我的朋友嗎？」久藏厚著臉皮說。

「胡、胡說什麼！」彌助不客氣的伸腿踢了久藏一腳。

想不到，久藏翻了個身又跪下來：「拜託啦！聽說那個奶娘要分三次，送三個妖怪小孩來讓我照顧。可是，我對妖怪的事不熟，請你教教我嘛！彌助，你不是在開妖怪托顧所嗎？」

「你、你怎麼知道的？」彌助一驚。

「是青兵衛告訴我的啦！青兵衛是服侍初音的僕從，他教我來你這裡求教……是真的嗎？你在幫妖怪顧小孩？」久藏追問。

彌助只好點頭：「沒錯啦！我是在幫保母妖怪姑獲鳥工作，雖然不是每天晚上，但總是不時有妖怪來托兒。所以我很忙，沒空幫你啦！」

「唉呀！我不是要完全推給你啦！只是，當小妖怪被送來的時候，請你教我怎麼照顧就好了……」久藏還不放棄。

「你可真囉嗦，彌助說不要，就是不要！」對著耍賴的久藏，千彌冷冷說道：「我們就算幫你，會有什麼好處嗎？你老是給我們添麻煩，一點益處都沒有。更別說我跟彌助相處的時間還被你霸占，完全是百害而無一利啊！」

「你、你怎麼可以這麼說？阿千，你真是太無情了！好吧，既然這樣，我就給你們報酬好了！」久藏似乎豁出去了。

「報酬？」彌助和千彌齊聲問。

「是啊！我想想……這樣吧！要是我順利結婚，等我當上太鼓長屋的房東，就不再收你們的房租，你們可以一直住在這裡，免費住一輩子！」久藏興奮得聲音高昂起來，千彌和彌助卻沒什麼表情，兩人轉頭相對，千彌問：「彌助，你說呢？」

「嗯，這個嘛……這裡的房租又不貴！」彌助皺起眉頭說。

「就是啊！我賺的錢付房租一點都不吃力，沒有好一點的報酬嗎？」千彌抱著手臂沉思，忽然想起什麼：「對了！你說過有親戚家裡養很會生蛋的雞？聽說那個親戚經常送雞蛋給你們？」

「咦？啊，是有這回事。」久藏想起來了。千彌一聽，微笑道：「那好！彌助喜歡吃雞蛋，也對身體有益。從今以後，只要你常常分新鮮雞蛋給我們，我們就答應幫忙。」

「千哥！」彌助似乎要抗議。

「這樣不是剛好嗎？雞蛋好吃又補身，每天能吃到新鮮雞蛋，可是很奢侈呢！」千彌愉快的說。

「是……是不壞啦！」彌助只好說。

看著他倆還挺滿意的樣子，久藏有點不情願的咕噥：「沒想到我寶貴的婚姻，就只抵得上新鮮的雞蛋啊……？」

這時，彌助忽然想起什麼，擔心的問久藏：「妖怪小孩要是託給你，你要養在哪裡呢？如果讓你爹娘發現，可要天下大亂了！」

「這你不用擔心，我本來就一個人住在離主屋有些遠的小屋，我爹娘和傭人都很少到那邊去。我在那裡帶妖怪小孩，應該是安全的。」久藏篤定的說。

「原來如此。」彌助這才稍稍放心。

「那麼，我平時會把我家後門打開，請你有空就過去瞧一下，不必幫我，只要教我怎麼做就可以了！」久藏又合掌拜託道。

「好啦！」彌助終於點頭。

兩天後，青兵衛帶了第一個小妖怪來託給久藏。

7

貧窮神

青兵衛帶來的第一道試煉，是一個大約五歲，全身骯髒得嚇人的小妖怪。

那個小妖怪身上穿著破破爛爛像抹布的衣服，從破洞中露出來的皮膚又黑又髒，黏滿汙垢。他的頭髮披散下來，把臉都蓋住了，而且油膩膩的結成一條條，簡直像顆長在脖子上的松果。不但如此，他身上還發出噁心的臭味，久藏拼命忍住才沒把鼻子摀起來。

更可怕的是，跟孩子一樣骯髒的妖怪父親也來了。他的頭髮分成兩束，瘦得乾癟的臉從中間露出來，一看就令人同情，完全是充滿不幸的面相。

久藏忍不住打了個哆嗦，青兵衛卻面不改色的介紹道：「這位是貧窮神災造，和他的兒子辛仔。請久藏少爺代爲照顧辛仔少爺。」

「貧、貧窮神……」久藏支支吾吾。難怪，的確一副窮相啊！

「沒想到貧窮神還有家人……請問你們這一族很大嗎？」久藏隨口問。

貧窮神父親災造一聽就笑起來，他的笑容像個張開嘴的骷髏：「那是當然了！我們這一族好多好熱鬧，大家都拼命生小孩啊！」

「原來如此，難怪你們愈生愈窮……那麼，我要照顧辛仔到什麼時候呢？」久藏無可奈何的問。

「這……我就不知道了！」災造聳聳肩說。

「爲什麼不知道？」久藏急了。

「我現在得去參加一個很重要的妖怪大會，不知道什麼時候才會結束。順利的話只要一天，不順利的話可能要開好幾個月。」災造說。

「意思是，我可能得照顧辛仔好幾個月？」久藏流下冷汗。

「是的，非常感謝你。我到處都找不到幫我帶小孩的地方，你眞是幫了大忙！」災造又笑起來：「那麼就拜託了！」

當久藏回過神來，災造和青兵衛已經不見了，可是，辛仔確實就站在旁邊。

「這、這不是夢啊……那個可惡的奶娘，竟把窮光蛋小妖怪塞給我！」久藏知道萩乃就是要欺負自己，眼前彷彿出現她得逞的笑容，不禁恨得牙癢癢的。

「她一定以為我會馬上投降，這可大錯特錯！我就照顧給她看，管他是哪裡來的小妖怪，我都沒在怕啦！」久藏振作精神站起來，對貧窮神小妖怪說：「喂，你叫辛仔對不對？我叫做久藏。你就乖乖待在這裡，直到阿爹來接你好嗎？總之，我先帶你去洗澡吧？要把身體洗乾淨喔！」

「咦……洗澡？」小妖怪遲疑的問。

「是呀！你大概不喜歡洗澡，不過請忍耐一下，你做得到吧？對了，你要是乖乖的，我就給你糖吃。」久藏說。

一聽到有糖果，辛仔好像心動了，輕輕點一下頭。

太好了！久藏開始動起來。幸好這庭院有一個小水池，他就用池裡的水幫辛仔洗澡，現在是夏天，應該不至於會感冒。總之，得趕快把辛仔弄乾淨才行。

久藏匆匆從主屋取來一個大木盆，再帶辛仔來到院子。他一邊用木盆舀起池水，一邊叫小妖怪脫下衣服，還好他很聽話。

一看見脫光衣服的小妖怪，久藏不禁倒抽一口大氣。太黑了！他實在汙黑得不像話，幾乎連本來的模樣都看不到。

爲了不讓辛仔害怕，久藏先用沾了水的溼棉巾給他擦身：「那麼，我幫你搓一搓身體，你要是痛了就說一聲喔！」

「好……」辛仔細聲回答。

久藏極力忍住撲鼻的惡臭，開始給辛仔搓身子。只見棉巾一下就變黑了，木盆裡的水也是。

久藏換了一條又一條棉巾，再換一盆又一盆的水，終於把小妖怪洗得乾淨多了。可是，他的頭髮還是黏成一團，根本就分不開。久藏咕噥道：「沒辦法啦……抱歉啊，辛仔，我把你的頭髮剪掉好嗎？這樣下去，你長什麼樣都沒人知道啊！再說，頭髮都蓋住臉了，對眼睛也不好……可以嗎？」

辛仔起初有點不情願的樣子，最後還是點頭了。久藏趕緊趁他還沒反悔，從盆栽架後面取下植物用剪刀，打算修剪他硬邦邦的頭髮。

喀嚓喀嚓！隨著好大的剪刀聲，辛仔的頭髮一束束應聲掉下。原來像一顆松果般的亂髮漸漸變短，最後變成一顆栗子般的小光頭。

久藏停下手，仔細端詳辛仔。他已經變得挺乾淨，臭味也消得差不多了。總之，可以告一段落了。

久藏爲辛仔擦乾身體，再讓他進房間。接著，他往辛仔嘴裡塞了顆糖果，說：「我現在去拿乾淨的衣服。我娘把我小時候的衣服都收得很好，應該有你可以穿的。你在這裡等一下！」說完，久藏就悄悄溜進主屋的母親房間，從衣櫃裡搜出一些合適的夏天衣物，再匆匆跑回小屋。

辛仔乖乖等著久藏回來，他雖然變乾淨了，身體卻瘦得骨頭都凸出來，教人看了就難過。不僅如此，只要這孩子待在房間裡，房間就變得潮溼又陰暗，即使給他穿上衣服，還是一樣。

那些舊衣服雖然是久藏穿過的，但都被精心保管，布料也很高級，可是怎麼穿在辛仔身上，就跟剛才穿破爛衣服的感覺沒兩樣？久藏搔著頭，心裡暗嘆，這個窮光蛋小妖怪恐怕沒那麼容易變身。

「不行……總之，你太瘦啦！一定是這樣。看你這一副小雞似的手和腳，真是嚇人！這樣吧，我就給你吃，讓你吃到飽，吃到胖！看我的！」

久藏把櫥子裡貯藏的糕餅糖果全部清出來，有餡餅、花林糖、金平糖、雪餅、炒豆子……。

「來啊，盡量吃！不用客氣，能吃多少就吃多少！」久藏喊道。

辛仔瘦巴巴的臉龐浮出一點笑容，開始伸手拿東西吃。他的速度並不快，但是一個接一個吃不停，好像怎麼吃都填不滿肚子。

「呼──」久藏坐到地上，背倚著牆壁。他忽然覺得好累，才不到半個時辰，自己好像已經老了十歲。

接下來，該讓這孩子睡哪裡呢？久藏心裡盤算著，不知不覺竟睡著了。

當他再次睜開眼，天色已經大亮。睡過頭了，他只好無奈的爬起來，搔著頭四處張望。

下一刻，久藏嚇得瞬間清醒。

不見了！窮光蛋小妖怪不見了！

他逃到哪裡去了？還是自己跑出去玩了？

「完了、這下完蛋了！喂——辛仔！辛仔啊！」久藏一邊喊，一邊準備出門找他。

這時，有個細小的聲音傳來：「在這裡……」

「咦，辛仔？你在哪裡？」久藏覺得奇怪。

「這裡。」那聲音又說。久藏循聲找過去，把被櫥的紙門拉開。

只見辛仔就坐在裡面，曲著膝蓋，躲在一個很小的隙縫裡。他的姿勢很自然，好像從很久以前就住在那裡似的。

久藏鬆一大口氣，小心的問他：「原來你在這啊……你喜歡待在這裡嗎？」

「嗯！」小妖怪用力點頭。

「我懂了……那麼，這裡就當作你的房間吧！只是……你怎麼都沒變呢？」在白天的日光下，辛仔看起來更寒酸了。他已經被洗乾淨，也穿上好衣服，怎麼還是這樣？久藏真是想不通。

對著歪頭不解的久藏，辛仔小聲說：「肚子餓了……」

「哦，餓了嗎？知道了，那我去拿真正的飯菜來，你在這被櫥裡等著。除了我以外，不管是誰進來，你都不能出來喔！」

「嗯！」辛仔點個頭，就自己拉上被櫥的門躲進去。

久藏稍微安心了點，看來辛仔並不是頑童，這樣可以讓他省很多事。要是辛仔在屋子裡亂跑亂跳，大哭大笑，那他可就慘了。

「說不定我還挺好運！」久藏自言自語的走向主屋。

然而，庭院那邊不知怎的卻起了騷動，只見父親和傭人們正聚在一塊兒討論什麼。

「那裡是……我昨天幫辛仔洗澡的地方，出了什麼事嗎？」久藏心裡擔憂，卻裝作若無其事的靠過去：「阿爹早安！伊太郎跟阿玉也在這兒？你們起得眞早啊！」

「喔，是少爺，早安！」傭人們行禮道。

「久藏，你這麼早起，可眞稀奇啊！」父親辰衛門說。

「哪裡，你們這麼嚷嚷，把我都吵醒啦！阿爹，到底發生什麼事？你們在吵什麼？」久藏問道。

「唉，是這樣的。」辰衛門皺起眉頭，指著水池方向說：「看來有野獸跑進來，在水池裡幹什麼壞事！」

「野獸？壞事？」久藏聽不懂。

「是呀！你看那池水又黑又髒，還濺得到處都是。一定是來這裡泡水的野獸，把髒水都潑出來了！不但如此，野獸還玩我修盆栽用的剪刀，上頭沾了一堆髒東西，都弄不乾淨了！」

久藏聽了，不知如何接腔。

「老爺，這附近掉了一大堆黑色的髒東西……哇，好臭！」傭人們捏緊鼻子。

「大概是野獸的糞吧！等一下你們去掃乾淨，全部埋進土裡。」辰衛門吩咐道。

「唉呀！留下這麼多糞，是什麼樣可惡的野獸啊！」傭人們抱怨著。

那些不過是辛仔的頭髮呀！久藏在心中向大家道歉。早知道昨天就把周圍整理乾淨，但是他又不能說出實情，只好裝傻應和道：「唉呀！那野獸眞是太可惡了……阿爹，我要避開一下，一早就聞這種臭味，受不了啦！」說完，他就飛快的逃到主屋去了，正好碰到一個叫阿鶴的女僕在煮早飯。

「阿鶴，妳今天也很漂亮啊！」久藏隨口誇她。

「哦，少爺一早就來廚房，可眞稀奇啊！」阿鶴嚇了一跳。

「呵呵，俗話說早起的鳥兒有蟲吃嘛！對了，我的早飯煮好了嗎？今天我可以自己端回去小屋。」久藏說。

「喔，那太好了！」阿鶴把久藏的配菜盛在一個托盤上，又給他一小鍋白飯，久藏就端回小屋去了。

他把門用力關好，再打開被櫥說：「好啦，飯來了，你出來吧！」

辛仔聽了，立刻從裡頭爬出來，稀里呼嚕就開始扒飯。他的嘴巴不大，卻好像有個塡不滿的胃袋，一刻都沒停下筷子，直到把一小鍋飯全部吃光。

另一邊，久藏卻沒什麼胃口，只吃一點醃菜就停住了。「當初剛看到貧窮神的時候，確實不知道該怎麼辦，不過……他除了骯髒和陰氣森森以外，好像跟別的孩子也沒什麼不同啊！這樣下去，也許挺好過的。」他在心裡慶幸。

但是……那天還不到中午，久藏就跑到彌助家求救了！

看見久藏鐵青著臉跑進門，彌助幸災樂禍的笑道：「呵呵，久藏，我聽說嘍！你收了貧窮神的孩子？」

「你怎麼知道？」久藏覺得奇怪。

「我從玉雪姊那兒聽說的，你接受三道試煉的事，據說在妖怪之間變成熱門話題呢！你會到這裡來，一定是出問題了？真沒用啊！」

彌助仍不放過他。

「小鬼頭，你住嘴！我可以保證，我收留的小妖怪，比你帶過的任何妖怪都麻煩哪！」久藏不甘心的頂回去。

不過，他隨即又放低姿態，懇求道：「我家飯不夠啦！」

「咦，這是什麼問題？」彌助不懂。

「那孩子看到飯就吃，吃完又說不夠，就像個沒底的飯桶。他要是這樣繼續吃下去，我的零用錢都要花光啦！」久藏苦著臉說。

「有什麼關係啊？反正零用錢也是你爹娘給的。像我除了賺一點跑腿的小費，可從來沒拿過零用錢。」彌助得意的說。想不到一旁的千彌馬上回應：「彌助，你也想要零用錢嗎？怎麼都不跟我說呢？」

「呃，不是啦，千哥，我不是想要零用錢啦！」彌助趕緊否認。

「眞的嗎？我可以馬上給你喔！你要多少呢？」千彌還不放心。

「不要啦！我跟久藏不一樣，才不要沒做事還拿人家錢呢！」彌助堅決的說。

「彌助，你眞是個偉大的孩子！」千彌好感動。

對著感動不已的千彌，久藏小心翼翼的說：「呃，阿千，現在不是討論有沒有拿零用錢的時候啦！」

「久藏你也是，怎麼不向彌助看齊呢？比起彌助，你眞是個不長進的人啊！」千彌反過來教訓他。

「笑話！我要是不好意思拿父母的零用錢，怎能活到今天呢？不說了！請問有什麼方法或食物，可以餵飽貧窮神的胃袋？拜託告訴我，拜託啦！」久藏又開始死纏爛打。

「囉嗦！好啦好啦！今晚我就向妖怪打聽，看有誰知道方法。」彌助不耐煩的說。

「唉呀！那可幫大忙了，太感謝啦！」久藏陪笑道。

「哼，我可不是要幫你忙，是看在那小妖怪的分上啦！」彌助故意轉過頭去，不願接受久藏的謝意。

那天夜裡，玉雪來到長屋，彌助馬上向她打聽：「請問要把肚子咕咕叫不停的貧窮神餵飽，該怎麼辦呢？」

「哦，你是說託給久藏的那個孩子嗎？」玉雪偏著頭想一下才說：

「我不太清楚……不過曾經聽誰說過，被貧窮神附身或看上的，大多是懶惰鬼或不務正業的人。」

「哈哈，那久藏不就是貧窮神最喜歡的那類人嗎？既懶惰又不務正業，不就是指久藏嗎？他到現在都沒被附身過，可真奇怪啊！」彌助幸災樂禍的說。

「這個……」玉雪欲言又止。

「啊，對不起！請妳繼續說下去。」彌助趕緊收起笑臉。

「是，如果想要趕走貧窮神，就得埋頭苦幹拼命工作。只要做得到，貧窮神就會滿足，主動離開那個人。所以，如果久藏努力一點，比如自己動手做飯，說不定貧窮神孩子就會滿足了？」玉雪推測道。

彌助聽了，睜大眼睛說：「妳的意思是，如果久藏自己做飯給他吃，貧窮神小孩可能就會覺得飽了？」

「是的，說不定是這樣。」玉雪答道。

「叫久藏做飯？簡直無法想像……他會做嗎？會不會抱怨連天啊？那可是他最不拿手的事！」彌助心想，就算去教久藏，他也做不來吧？

不過，既然答應幫忙了，第二天早上，彌助還是依約去久藏家。他溜進久藏預先打開的後院小門，往小屋跑去。

「喂，久藏，你在嗎？」彌助小聲呼叫，久藏立刻探出頭來。

彌助一看見他，嚇了好大一跳。原來，久藏比昨天見面時更憔悴了。他樂天的笑臉變得好寒酸，還有點髒髒的。

「彌助，你總算來了！有什麼好消息嗎？」久藏忙不迭問。

「嗯，算是有啦！」彌助點頭。

「太好了，我快等不及了！那麼你請進吧！」久藏招呼他進屋。

小屋裡陰暗又潮溼，比彌助住的簡陋長屋還糟糕，甚至飄著一股陳年霉味。彌助不禁開始擔心，這就是所謂貧窮神附身吧？要是自己在這裡待久一點，說不定也會沾上……？於是他三言兩語，趕快把玉雪教的話說完。

「你是說，只要我動手做點什麼給辛仔吃，就可以餵飽他了？」

久藏的眼睛亮起來。

「那是玉雪姊說的，雖然她也沒把握，不過應該有試一試的價值啦！」彌助肯定的說。

「知道了！那我就試試看吧！」久藏點頭說。

「咦……？」彌助不敢相信，久藏竟會馬上答應。

「什麼啊？哪裡不對？」久藏問。

「我只是嚇一跳啦！沒想到久藏這麼積極。」彌助說。

久藏皺起眉頭：「想想看，你身旁要是有個瘦乾巴又一副可憐相的孩子，你也會想為他做一點什麼吧？但是，我得煮什麼好呢？」

「總之，你先煮一大鍋飯，捏一些飯糰如何？聽說貧窮神一族喜歡吃味噌，你就在飯糰上面塗一些，再用小火爐烤一下，他大概會喜歡吧？」

「味噌烤飯糰？聽起來就挺好吃！好吧，那我試試看，謝謝你啦！

彌助。」久藏行禮道。

「不、不用啦！」看見久藏這麼謙卑，真是不舒服，彌助趕緊跑回家了。

彌助離開後，久藏就朝拉上門的被櫥說：「辛仔，你在這裡等一下，我這就去做世界上最好吃的烤飯糰喔！」說完，他便匆匆走向主屋。

女傭阿鶴正在廚房裡忙，一看見久藏，忍不住驚呼：「少爺，您怎麼了？臉色好差呀！」

「沒事沒事，我還是頭好壯壯啦！對了，阿鶴，請妳教我怎麼煮飯好嗎？」久藏說。

「哇！少爺想學煮飯？」阿鶴更吃驚了。

「是，我想做烤飯糰，加味噌的那種。拜託啦！請讓我學料理轉換一下心情嘛！」久藏懇求道。

「可、可以……只是，少爺是當真嗎？」阿鶴還不相信。

「當然是眞的，我可以正式拜師喔！阿鶴師傅！」久藏行禮道。

「少爺說不定生了病，腦筋不清楚……？」阿鶴小聲嘀咕，一邊開始教久藏。

無論是洗米或是用竹筒吹灶生火，都是久藏生平第一次嘗試。不過，他究竟是個手腳伶俐的男子，很快就抓住訣竅了。

只是，要把剛煮好的飯捏成飯糰，可是件難事。

「哇！好燙好燙！阿鶴，這麼熱的飯怎麼捏呀？」久藏哀叫。

「唉呀！您要是把飯一直握在手心，當然會燙啦！您得把一坨飯不停換手滾來滾去，像我這麼做，就不會太熱啦！」阿鶴一邊示範一邊說。

「喔……阿鶴好靈巧啊！原來飯糰是這麼捏出來的。」久藏讚嘆。

「那您趕快動手啊！不要偷懶！」阿鶴大聲說。

「是是，阿鶴師傅還挺嚴格嘛！哇，好燙！」久藏邊學邊叫。

結果，久藏捏出來的飯糰奇形怪狀，大小不一，不過總算完成他的出道作了。

「想不到我也會做飯糰了！」久藏感嘆道。接著他把混了一點酒的味噌塗在飯糰上，用小火爐兩面烘烤。不一會兒，香氣四溢，烤飯糰完成了。

「哈哈，太棒了！謝謝阿鶴師傅，這都是妳的功勞。」久藏向阿鶴大聲道謝，就捧著一堆烤飯糰，匆匆跑回小屋。

他把一堆飯糰遞過去，對等在小屋裡的辛仔說：「看吧，這是味噌烤飯糰，全是我做的喔！你嘗嘗看！」

辛仔聽了，馬上伸出細瘦的小手抓飯糰。當他把大大的烤飯糰塞進嘴裡時，原來一直沒表情的小臉，忽然就發亮了！

「好吃！」辛仔說。久藏聽了，心裡好感動。眞好！原來有人喜歡吃自己做的東西，是這麼愉快的事……希望下次有機會做給初音吃啊！

初音現在在做什麼呢？她都怎麼打發時間呢？久藏想著。雖然知道初音很喜歡自己，久藏卻始終把她當妹妹看待，只想保護她，逗她高興。所以，這次的事件讓久藏非常生氣。如果初音不喜歡他也就算了，可是，她的族人卻無視她的感情，硬把她擄走，實在太蠻橫了！事到如今，他非得解救初音，讓她恢復自由不可……至於以後的事，以後再想吧！

久藏胡思亂想好一會兒，忽然回過神來。只見辛仔已經停住不吃了，盤子裡卻還有剩下的飯糰。

「怎麼了？你不吃了嗎？」久藏驚奇的問。

「嗯，肚子、好飽！」辛仔摸著肚皮說。

久藏不禁仔細端詳辛仔。這兩天，他大概比久藏多吃五倍的食物，可是卻怎麼都吃不飽，乾癟的肚皮也沒鼓起來。想不到現在才吃了兩三個烤飯糰，辛仔竟然就說飽了。雖然他還是一樣瘦，但是小臉微微帶笑，看起來就像個幸福的孩子。

「那麼……這樣就夠了？」久藏問。

「嗯，很好吃！」辛仔說。

「是嗎？下次還要我做嗎？」久藏又問。

「好！」辛仔點頭。

「那就包在我身上了！我會讓你愈吃愈胖，最後變成可愛的小貧窮神喔！」久藏笑著說，終於安下心，鬆了一大口氣。

然而，兩天後又生出了新的問題。

那一天，久藏依然使出渾身解數做一堆烤飯糰。現在無論是生火煮飯或用熱飯捏飯糰，都已經難不倒他。想到辛仔吃得津津有味的模樣，久藏就更有勁了。

「不過，光是做烤飯糰也沒意思，下次向阿鶴學煮味噌湯吧！」久藏一邊想，一邊蹲著用紙扇搧小火爐。這時，只見他的父親辰衛門從旁邊走過，臉色鐵青，顯然是出了什麼事。

久藏不禁問：「阿爹，您怎麼了？臉色不好喔！」

「啊，是久藏？你今天又做烤飯糰，可眞努力啊！不過怎麼那副德行，看起來就很寒酸，像個窮光蛋呀！」辰衛門說。

久藏聽了，啞口無言。看來只要跟貧窮神在一起，自己也會變得寒酸，就算穿得再講究，身體洗得再乾淨，還是不能改變形象。

不過久藏還是回嘴道：「不用管我啦，倒是阿爹看來臉色很差，這樣阿娘會不高興喔！」

「這回說不定會惹她生氣啊！」辰衛門苦惱的說。

「什麼意思？」久藏不解。

辰衛門深深嘆了口氣：「不知怎麼搞的，我們家出租的長屋，裡頭的房客紛紛在退租啊！」

「退租？」久藏驚訝道。

「是啊！他們像逃難一般，成群結隊的搬出去了！當然他們各有理由，有的說在別處找到新工作啦，有的說要去投靠親戚啦……我當了這麼多年房東，可是頭一遭碰到這麼多人搬出去啊！」辰衛門嘆氣說，好像有誰在趕他房客似的：「總之再這樣下去，我們可能撐不過了！久藏，你也得有破產的心理準備喔！」說完，他就垂頭喪氣的走遠了，留下臉色蒼白的久藏。

久藏暗忖，爲什麼房客會紛紛退租呢？爲什麼父親的長屋一一變成空屋呢？這一定是貧窮神的傑作。想不到自己的家業也會受影響，他得趕快想辦法才行。

久藏丟下做一半的烤飯糰，跑回小屋，叫道：「辛仔、辛仔，快起來呀！」

「咦，吃飯嗎？」辛仔揉著睡眼問。

「不是，對不住，飯只能稍後再吃了！我們現在得離開小屋，我要馬上整理行李，你起來吧！」久藏催促道。原來，他想在家業傾頹以前，帶著小貧窮神離開家，這樣也許就能挽回父親的事業。

久藏把小屋裡所有的錢都塞進荷包，再牽著辛仔的手，從後門溜了出去。

辛仔跟在快步走的久藏後面，並沒有抱怨。但是，當他們來到一座人跡稀少的橋邊時，他忍不住問：「你要……把我丟掉嗎？」

「丟掉？怎麼會！我絕不會丟下你的。」久藏嚇了一跳。

辛仔聽了，只是沉默不語。

「對不起，讓你受驚了！只是，我必須離開那個家啊……我是個從小讓父母頭疼的兒子，不能再給他們添麻煩了！」久藏無奈的說。

不過，他隨即打起精神：「你不用擔心，我們可能生活會困苦一點，但是萬一真的什麼都沒了，我也會去當乞丐，討東西來給你吃。」

「你不會丟下我嗎？」辛仔好像還是不放心。

「絕對不會！你可是託給我照顧的寶貝孩子，在你爹來接你以前，我一定會盡力照顧你，請安心吧！」久藏正色說。

辛仔聽了，忽然笑起來，那是他第一次露出滿面笑容。

只見辛仔的臉不斷變圓，他身上穿的舊衣服，也變成雪白簇新的和服。站在那裡的不再是窮光蛋小妖怪，而是穿著講究又長得很可愛的小男孩，他胖胖的圓臉顯得很福氣，滿臉笑容看起來好幸福。

久藏看得目瞪口呆，卻聽身後有個聲音說：「我來接小孩了！」

他轉頭一看，更是瞠目結舌。在他眼前的是個像財神爺般的高大男人，身上穿著紅色和金色相間的和服，頭上裹著頭巾，笑得很和氣。

辛仔一見到那男人，就衝過去抱住他：「爹爹！」

「太好了！辛仔，你也變成小福神了！」男人說。

「是啊！」父子倆緊緊抱在一起。久藏只覺頭暈目眩，問道：

「對、對不起打擾一下！這位父親……你就是貧窮神災造嗎？」

「是的，我就是貧窮神災造。我的地位上升了，變成福神，眞得感謝你啊，久藏！」災造笑著說。

「呃、呃……請多指教。我不知道原來貧窮神會變成福神啊？」久藏支支吾吾的說。

「是的，知道的人並不多啊！」變成福神的災造說：「我們貧窮神會附在懶惰鬼身上，可是，只要那懶惰鬼改邪歸正，想辦法從貧窮生活翻身，我們的地位也會逐漸上升，最後變成福神。然後，我們會給先前附身的人帶來福氣。」也就是說，只要被貧窮神附身的人，努力想辦法改變自己，有一天福神就會降臨。

原來如此，久藏點頭稱是：「那麼你變成福神，是因爲被你附身的人努力脫離苦境了嗎？」

「是的，但是我這當父親的變成福神，孩子卻還是貧窮神，未免太可憐了。所以我到處找可以讓孩子變成福神的人，終於找到了！實在感激不盡，你一定花了很大的精神照顧他，否則不可能在這麼短的時間內讓我兒子改變的。」大福神說。

久藏被這麼誠心感謝，歪著頭想了一下。他這幾天是很辛苦，但也沒特別做什麼呀！他只是幫辛仔洗澡、給他吃飯……都是理所當然的嘛！莫非他說，就算當乞丐也會討東西回來給辛仔吃，表現得太感人了？

正胡思亂想間，辛仔伸手拉拉久藏的袖子。

「咦，辛仔，怎麼了？」久藏問。

「我變成小福神以後，需要一個新的名字。你可不可以幫我取新名字？」辛仔問道。

「是啊，太棒了！請你一定要幫我兒子取新名字。」大福神說。

久藏被笑嘻嘻的福神父子這麼懇求，即使沒把握也只好答應了：

「好吧，那我想想看……叫福丸怎麼樣呢？」

「福丸？」福神父子齊聲問。

「是的，對你們福神而言，或許是個普通的名字，不過我小時候就是被叫做福丸。我爹娘說我是帶給家裡幸福的小小福神，眞是傻父母啊！」久藏不太好意思的說。

大福神聽了，溫和的笑起來：「只要是疼愛孩子的父母，誰不是傻父母呢？這眞是個好名字，我就拜領了。兒子啊，你也覺得不錯吧？」

「是，從今以後我就叫做福丸，謝謝你，久藏！」小福神說完，緊緊抱住久藏。

「然後，福神父子就很高興的回去了，我也順利的通過第一道試煉。怎麼樣？很厲害吧？就像童話故事的結局啊！」久藏神采飛揚的說。彌助卻潑他冷水：「不用得意，那你爹的長屋怎麼樣了？」

「呵呵，不用擔心。貧窮神一消失，要租房子的人就湧進來了。結果，我家的房客比以前還多，我爹也樂得合不攏嘴呢！」久藏滿足的說。

「那太好了！不過還有一個叫久藏的麻煩鬼沒消失哪！你爹眞可憐！」彌助又損他。

「你這個小鬼，就不能少說兩句？我今天可是來給你們分福的！」久藏氣呼呼的說。

「分福？」彌助不解。

久藏點頭道：「從那天以後，我就一直很幸運。我想一定是福丸他們留給我的運氣，所以昨天就去賭一下試身手。想不到比預期的贏更多，所以我就來給你們送禮了！」久藏說完，就把身後的大布包，丟到彌助跟前：「給你啦，我的謝禮！」

「我不用謝禮！」彌助頑固的說。

「不用裝了！這種時候最好誠心接受才是禮貌！」久藏堅持道。

彌助聽了，只好把布包打開。「這是什麼？」他瞪大了眼。

「我做的烤飯糰啦！」久藏得意的說。

「太多了！你這是過猶不及嘛！一共有幾個？」彌助失笑道。

「我數到四十個，就不再數了！沒關係啦，我在上面塗了味噌，放好幾天都不會壞。你這裡不是經常有妖怪來托兒嗎？就跟他們一塊吃，說是我送的。」久藏說。

「知道了，謝謝啦！」彌助終於說。

「對嘛對嘛！只要這麼誠心接受，你就變可愛了！」久藏笑說。

「對不起，彌助就是不誠心也很可愛喔！」一旁的千彌忽然插嘴。

「阿千，你又疼彌助疼過頭了！」久藏搖頭苦笑，站起來說：「那麼，等那奶娘策畫第二道試煉，恐怕還要一點時間。我可以趁機休息一下，就把福丸他們留給我的運氣，用到最後一刻吧！阿千，晚上跟我去喝酒吧！」久藏豪氣的說。

「喂，這才是你眞正的目的嗎？」彌助大聲抗議。

「哈哈，小鬼頭就乖乖待在家裡，吃我做的飯糰啦！」久藏大笑。

彌助看著久藏得意的樣子，不禁咬牙切齒，在心裡祈禱：希望這傢伙的福氣趕快用完！

8

蜘蛛精

小貧窮神走了幾天之後，在淅瀝淅瀝的夏夜霪雨中，青兵衛又來找久藏了。

「晚安，久藏少爺。」青兵衛行禮道。

「哦，是青兵衛啊！你來就表示下一道試煉決定了？這次換什麼小妖怪啊？該不會是死神的小孩吧？」久藏不改愛開玩笑的本色。

「呃，這您就不用擔心。死神到現在還是單身，沒有對象也沒有

小孩呢！唉呀，小的不該說閒話的。」青兵衛說。

「這樣啊，總之你快請進吧！」久藏招呼他。

「打擾了！」青兵衛爬上坐墊，久藏馬上拿出烤飯糰獻寶：「吃吃看吧？這都是我做的。不是我吹牛，真的好吃喔！」

「哦，那麼小的就不客氣了。咦，真的好吃呢！」青兵衛感激的說。

「你這麼說真是深得我心！那麼請邊吃邊說吧，這一回奶娘交代什麼呢？」久藏問。

「是，明天晚上小的會把下一個小妖怪送來，請您照顧三天。」青兵衛說。

「那麼，是哪家的小妖怪啊？」久藏又問。

「這個小的也還不知道。」青兵衛回答。接著，他面有難色的說：「這一次得先量小妖怪的重量，要是父母來接他的時候，輕了一點點都不行哪！」

「哦，第一個是怎麼吃都吃不飽的小孩，第二個卻變成什麼都不肯吃的小孩嗎？看來我又得爲吃飯傷腦筋了！不過沒關係，我現在有阿鶴教的捏飯糰絕招了！何況才三天而已，一下子就過完啦！」久藏輕鬆的說。特別是這一回有先預告期限，不必讓他巴巴枯等對方來接。他盤算著既然是明天夜裡開始，那麼明天一早就去糕餅店，買一籮筐小孩愛吃的甜點。

久藏正在東想西想的當兒，青兵衛插嘴說：「對了……」

「喔，抱歉，我在胡思亂想。奶娘交代的事，我都聽清楚了，謝謝你啊！」久藏道謝說。

「不，其實今天晚上，小的還有另一件事要做。」青兵衛又說。

「什麼事啊？」久藏問。

只見青兵衛點個頭，把擱在身後的一個布包小心翼翼捧到久藏面前。那包裡不知裹著什麼，看起來挺重。

「那是什麼？」久藏掩不住好奇。

「這是初音公主要給您的。」青兵衛恭謹的說。

「初音……？她還好嗎？」久藏問。

「是，她的眼圈偶爾會紅紅的，不過大多時候都挺堅強。」青兵衛答道。

「是嗎？請轉告初音，我很抱歉，讓她久等了。」久藏嘆口氣說。

「是，不過請您先把布包打開，這裡頭是公主努力的成果喔！」青兵衛催促道。

久藏聽了，趕緊解開布包。裡頭是個上下兩層的木盒。黑漆面上鑲著金銀雙鶴的圖案，非常豪華。但是……打開一看，只見木盒裡塞滿顏色跟形狀都無法分辨的臭東西。

「這……是什麼呀？」久藏大驚。

「這是公主親自做的便當。」青兵衛說。

「這……能吃嗎？」久藏臉都垮了。那些東西愈看愈可怕，連原本的食材都無法分辨，黏糊糊的混在一起，還夾雜紫色的硬塊、燒焦的褐色物體……教人怎麼下嚥啊？

久藏半開玩笑的說：「她會親自下廚，我感動得都要哭了！雖然刀工不太整齊，像這一截白白的，差點以為是她的指頭呢！」

「呃，搞不好真的是呢！」青兵衛竟一本正經的應道。

久藏嚇得說不出話來。

「我們公主從出生以來，就沒摸過菜刀啊！」青兵衛解釋。

「她有切到指頭嗎？」久藏心疼的問。

「那是當然了！公主經常切到自己，現在只好叫我老婆站在她後面，拿著藥膏隨時伺候了！」

久藏再次無言。這時，青兵衛睜大眼對他說：「您不吃嗎？」

「呃，不、我吃，我吃，我吃啦！」久藏吸一大口氣，用筷子把一團像青菜的東西夾起來，閉上眼睛丟進嘴裡。

「噁……」那團東西一碰到久藏的舌頭，他立刻反胃，差點沒吐出來。這是什麼味道？又臭又硬，還甜得彷彿直衝腦門。這是不是用溝水煮的，上頭又裹一堆砂糖，才會變成這樣子？

久藏額頭冒汗，雙手緊抓大腿，才不至於倒在榻上抱著肚子翻滾。雖然臉色逐漸發紫，但他依然竭力忍耐。青兵衛盯著他好一會，才從懷裡取出一個紅色的大葫蘆，遞了過去。

久藏接過葫蘆，立刻咕嚕咕嚕大口灌進喉嚨。葫蘆裡裝的是冷水，他喝了大半壺，才覺得好過一點。

對著呼呼喘氣的久藏，青兵衛小聲說：「沒想到您眞的吃了！」

「你、你這是在虐待我嗎？」久藏忍不住抗議。

「是有一點點啦！」青兵衛悲憤的瞪著久藏：「公主說她爲了您，一定要學會料理，所以每天在廚房努力做菜。只要是公主做好的菜，我們青蛙就得試毒，不、是試吃啦！今天這便當還算好，剛開始比這要可怕得多啊！」

「眞是……對不住！」久藏只好道歉。

見久藏一臉不好意思的樣子，青兵衛起初還在賭氣，但是他的臉色隨即溫和下來，說：「這烤飯糰很好吃哪！小的可以帶一些回去嗎？」

「咦？當然好啊！你就全部帶回去吧！」久藏很驚喜。

「謝謝您！公主若知道這些都是您做的，一定會很高興！」青兵衛說。

「你是說，會幫我轉送給初音嗎？太感謝了！」久藏趕緊道謝。

「哪裡哪裡……小的這樣說，萩乃娘娘可能會生氣……不過，您和公主倒是挺相配啊！」青兵衛悄悄說。

對於青兵衛眞誠的安慰，久藏無比感激。

第二天夜裡，青兵衛把第二個小妖怪送來了。那是一個小女孩，穿著繡金線的紅色和服，上頭披著銀色的薄紗，顯得十分華麗。她看起來大約只有七歲，身材很小，跟貓差不多大。

久藏想，這麼小的妖怪，應該可以放肩膀上。不過，他馬上打消了這個念頭。因爲，那孩子跟小貧窮神辛仔，是完全不同類型的恐怖。

首先，她的臉完全沒有血色，白得像蠟一樣。眼睛細長，瞳孔是紅色的。小小的臉還算可愛，額頭上有四個小紅點，下巴突出，有點像螳螂。她的頭髮分成一束束，直直向外伸展，一共有八束。久藏仔細一看，才發現那不是頭髮，而是生物的腳。她的頭髮下半段化成蜘蛛腳，而且是從頭上長出來的。

見久藏盯著她瞧，小妖怪伸出舌頭舔了舔嘴唇。她的舌頭血紅，令久藏背脊發涼。

青兵衛恭謹的爲他們介紹：「這位是蜘蛛精娘娘的女兒小豔，這位是久藏少爺。小豔，小的三天之後會來接您，這期間久藏少爺會好好照顧您。」

「知道了！」小豔的聲音很清脆，她直直盯住久藏，眼神好像要吸吮他一般。

「小豔的體重正好是一貫4，久藏少爺的任務是絕對不能讓小豔低於這個重量，至於增加多少都沒關係。那麼，小的就告辭了！」青兵衛說。

見青兵衛即將離開，久藏急忙叫住他：「等、等一下！我應該給這孩子吃什麼呢？」

「這……小的就不好說了！您馬上會知道的。」青兵衛說完就消失了。

久藏無可奈何的望著小黯，只見她眼睛眨都不眨一下，直直瞪著自己，額頭上的小紅點好像會發光。

「蜘蛛……眼！」久藏不禁抖了一抖，他其實是怕蜘蛛的。

他害怕蜘蛛的腳窸窸窣窣蠢動，跟螃蟹像又不像。不過他可是一點都不怕螃蟹，要是換成螃蟹妖怪就好啦！

不過，現在可不是抱怨的時候。久藏振作起來，對小黯裝出一個大笑臉：「請多擔待，小黯！我們要當好朋友喔！」

「好！」小黯好像很高興，伸手捏住久藏的手指，接著……嘴巴一張，咬了上去。

「是蜘蛛精的孩子嗎？那可就……有點麻煩了！」第二天，當久藏哭喪著臉來求救的時候，千彌罕見的沉下臉說：「蜘蛛精是住在墳場的妖怪，喜歡吸人的鮮血。那孩子想吸血，就像人類的小孩想喝奶一樣啊！」

「這麼可怕的事，你不要說得像事不關己似的嘛！」久藏哀叫。他的眼圈發黑，臉色蒼白，不過，還是得不到彌助的同情：「這麼沒用，只不過是一個晚上呀！」

「你這沒良心的小鬼！你知道那小妖怪整個晚上都咬著我的指頭吸血嗎？只要我想把指頭抽回來，她就開始尖聲哭叫，讓我束手無策。哇！一想到就全身發抖……」久藏悲憤的說。

「不過，大概沒很痛吧？」彌助遲疑的問。

「欸，剛被咬住的時候會痛，再來就沒什麼了。但是，我可以感到自己體內的血不斷被吸走，那種感覺有多恐怖啊！一個晚上還可以忍耐，兩個晚上可就受不了啦！我會被吸成人乾哪！喂，彌助，你今晚要不要來我家過夜？」久藏說。

「你這傢伙……！」彌助氣得不知該說什麼，千彌隨即拉下臉：

「久藏，你要這麼說，就給我出去！你想叫我家彌助去當蜘蛛小妖的養料？未免太沒良心了！」

「我只是開玩笑、開玩笑啦！請不要生氣嘛！」久藏苦著臉道歉，接著垂下頭說：「那小妖怪的眼神很可怕，就像是看見獵物的表情啦！只要一想到自己被蜘蛛當成獵物，簡直太教人傷心了！」

「你有給她試吃別的東西嗎？」彌助問。

「我哪有時間找別的東西給她吃呀？」久藏苦笑。

忽然，千彌拍手道：「對了！久藏，你要是不願意讓她吸你的血，給她別的食物不就好了？」

「別的食物？」久藏一臉困惑。

「是的，聽說蜘蛛精的孩子，有比鮮血更喜歡的食物。只是……你聽了可能會後悔喔！」千彌說。

「沒關係！」久藏大聲說：「都到這個地步了，我還怕什麼呢？趕快教我呀！」

在久藏的聲聲催促下，千彌緩緩道出答案。

那天夜裡，久藏一邊發抖一邊瞪著被櫥，心裡不停祈禱：拜託不要出來，拜託繼續睡啊！

可是，儘管久藏拼命祈禱，被櫥的門還是被推開了，小黯探出頭來。她一見到久藏，高興的露出笑容，一聲不響的爬出被櫥，往久藏靠過去。她半開的小嘴露出尖牙，紅色的眼珠閃閃發光，完全是看見獵物的表情。

久藏拼命忍住不後退，只見小黯一張口，又咬住他的指頭。她的利牙深深嵌進久藏的肉裡，接著發出吱吱的吸血聲，聲音充滿整個小屋。

吱、吱、吱……雖然不痛，但是自己的生命逐漸被消耗的感覺，實在太恐怖。不行，他再也忍耐不下去了！

久藏哆哆嗦嗦的用力把小黯拉開。小黯抬起頭，露出不滿的表情，似乎要開始尖叫。久藏趕緊對她說：「小豔，妳有比血更喜歡吃的東西對不對？我、我這就去幫妳找來好嗎？」

「眞的嗎？」小豔眼睛一亮。她鮮紅的舌頭像蛇信似的一呑一吐：「你眞的要去幫我找？」

「嗯，所以妳可以自己看一會家嗎？不要亂跑，就乖乖待在這裡喔！」久藏愼重的說。

「知道了！那你一定要帶很多回來給我吃喔！」小豔笑道。

「我、我試試看！」久藏說完，就留下小豔，拿出白天準備好的鐵鍬出門了。

「沒關係，這沒什麼大不了的……」雖然久藏試著安慰自己，可是，只要一想到即將要做的事，就忍不住發起抖來。他極力屏住氣，耳邊卻響起千彌說的話：「蜘蛛精雖然喜歡吸血，卻更喜歡吃陳年的人骨喔！」

「骨頭？他們吃人的骨頭？」久藏嚇壞了。

「是的。」對著臉色大變的久藏，千彌繼續說：「你去廢棄的墳場就能找到很多。到了那邊，只要往地下挖，應該馬上會發現幾塊，把它們撿起來帶回去給那小妖就行，不是很簡單嗎？」

久藏聽了，一時說不出話來。彌助卻開口了：「等、等一下！千哥，這未免……未免太沒良心了！」

「沒良心？我不過是告訴他蜘蛛精喜歡吃什麼罷了！要不要去找，是由久藏決定啊！」千彌面不改色的說。

的確，要不要做是久藏的事。結果，久藏還是決定做了。與其讓自己的血被吸個不停，還不如去挖沒人要的骨頭啊！久藏告訴自己，這是無可奈何，別無選擇的。他不但已經答應小豔，而且還非得通過這道試煉不可，不然就無法挽回初音了。這完全是爲了初音，爲了初音啊！

久藏像在誦經一般自我催眠：「這都是爲了初音啊！」，一邊急急走上夜路。

沿路上，他都沒碰見熟人，不久就到了一座寺院。寺院後頭有一個大墳場，墓碑林立，空氣中飄來微微的香火味。久藏避過那些整理得很好，或是有人供奉花果的墓，一心尋找傾頹破敗的墓碑。他以爲那些已經沒人拜的墓，就算偷了其中的骨頭，應該也不會妨害到誰。

這時候，前面赫然出現一點亮光，久藏急忙蹲下，躲了起來。那該不會是孤魂野鬼吧？他嚇得冒出一身冷汗。

不過，久藏馬上發覺那亮光是有人提的燈籠。他一邊教自己鎮定，一邊悄悄靠過去。對方身分不明，當然得小心一點。

眼前依稀是兩個人影，還傳來挖土的聲音。

「是……盜墓嗎？」他再靠近一點，方才看清是兩個男人拿著鐵鍬在鏟土。那兩人看起來就不是正經人，燈籠照著他們的臉，顯得粗野又兇猛。

只聽那個較年輕的男人一面鏟土，一面閒扯道：「這世上眞有怪人哪！不知道他是想長生不老還是什麼，竟然說要死人骨頭！換成是我，死也不敢吃什麼人骨做的藥啊！」

「你少說兩句吧！就是因爲有這種怪人，我們的荷包才能塡飽飽呀！」年紀較大的男人說。

「不過，來挖墳的可是我們啊！我們會不會被詛咒呀？」年輕的那個擔心的問。

「哈哈……你可真沒膽哪！」年紀大的那個笑說：「骨頭就是骨頭，跟丟在路旁的石頭沒兩樣啦！何況這裡的骨頭都是沒人拜的，不管我們做什麼，都不會有人來算帳，我們誰也沒得罪！」

「是、是這樣說啦！」

「本來就是！不如說，這些骨頭供給活人的需要，是讓他們物盡其用嘛！」年紀大的又說。

「原來如此，有道理！」年輕的點頭稱是。

聽著那兩個男人胡扯，躲在一旁的久藏簡直忍耐不住了。他們說的話一句句都像石椿打進久藏的心坎，因爲他們給自己找的藉口，正是久藏心裡想的。

被遺忘的孤墳人骨，拿了也沒得罪任何人……直到剛才，久藏都是這麼想的，他差點就要撿回去給小豔。但是，當他碰見眞正的盜墓賊，聽到他們說出自己心裡的話，他的良心才驀的被喚醒了。

他終於明白，小豔是妖怪，天生有吃人骨的欲望和本能，那是無可奈何的。但是自己是人類，不能逾越人類道德的界線。

久藏像大夢初醒一般，瞪著那兩個男人。他們毫無愧疚的邊笑邊挖墳，就像是自己的剪影。他們就是我，我就是他們啊！久藏不能原諒他們，也不能原諒自己。

當他回過神來，已經一個箭步從躲藏的地方衝出去，接著以迅雷不及掩耳的速度舉起鐵鍬，一個接一個朝他們的頭上打下去。只見兩個男人一聲不吭，就倒地不起了。

久藏吐出一口大氣，雖然只是瞬間的動作，他卻汗流浹背，胸口鼓動得怦怦響。

直到膝蓋不再發抖，久藏才仔細察看被他打昏的兩個人。其中一個的頭好像破了個洞，但不太嚴重，他這才安了點心。

接著，久藏探頭去看那兩人挖的墳。在那個大坑洞裡，有一些白的東西，大概就是人骨。那不知是誰的骨，但是它曾經屬於人。雖然它或許已經沒有靈魂，雖然它或許只是個空殼子，但是它也應該得到安寧，這是久藏身而爲人的良心。

「眞是對不住，害您被打擾了！」久藏對著骨頭雙手合十，再快手快腳把坑洞填回去。接著，他在昏倒的兩人肚子上堆了一些土。等他們醒來，一定會嚇得魂不附體吧！他們大概會以爲是墳場的妖怪作祟，再也不敢來這裡了。

久藏做完他認爲該做的事，就回家了。他的身體很疲累，但是心底卻很輕鬆。

小髗獨自待在小屋，等得很不耐煩。一見到久藏，她就鼓起小臉，生氣的說：「這麼慢！我都快等死了！」

「抱歉喔……」久藏慢吞吞的說。

「骨頭呢？撿回來了嗎？」小髗又問。

「不……我沒有撿。」久藏說。

小髗的臉色立刻變了，她皺起眉頭，小嘴齜出利牙，朝久藏逼近：

「為什麼？你不是答應我要撿回來嗎？你不守信用嘛！」

「對不起，眞的對不起。可是……我辦不到啊！」久藏說。

「我才不管！你太可惡、太可惡了！」小豔尖聲叫起來：「我等了好久，就等著好吃的骨頭啊！那……那我要吃你，我要把你吃掉！」

「好，妳吃吧！」久藏竟然說。

「好，那我就……咦？」小豔吃了一驚，卻見久藏輕輕牽起她的手，跟她立下一個約定。

到了第三個晚上，青兵衛來接小豔了。他原來很綠的臉竟然發白，顯得十分不安。

出來開門的久藏臉色也很差，他的皮膚乾黃，兩頰凹陷，還掛著兩個黑眼圈。

青兵衛盯著久藏好一會，才沉重的說：「小的把小豔帶回去以前，得先量她的體重。」

「好啊，請吧！」久藏乾脆的說。

「那麼，小豔小姐，請您爬上這裡。」青兵衛讓小豔坐上他帶來的小秤子，一看計量，臉就垮下來了。

「不行嗎？」久藏問。

「不行啊……比一貫還少一點。」青兵衛低聲說。

「是嗎？我覺得我已經讓她吸很多血了。這樣也沒辦法了！」久藏說。

「久藏少爺……」青兵衛好像要哭出來了。這時，坐在秤子上的小豔卻高聲道：「青兵衛，請你去跟萩乃娘娘說，不要隨便動久藏喔！」

「呃、咦？您說什麼？」青兵衛吃驚的問。小豔接著說：「她要是對久藏動手，我可不會原諒。我會去跟阿娘告狀，要她去吸萩乃娘娘的血。久藏現在可是我專屬的，對不對？」

「是啊，我們是這麼約定的。」久藏苦笑點頭。青兵衛一聽，卻叫了起來：「怎、怎麼可以？那我們的公主怎麼辦呀？她費了多大苦心等您啊！久、久藏少爺，小的真是看錯人了！才不過幾天，您居然就變心了！」

見青兵衛眼淚鼻涕齊下，久藏卻是一副莫名其妙的樣子：

「你……你會錯意啦！我哪有變心啊？」

「您不是……小豔小姐專屬的嗎……？您是想拋棄我們公主，去當蜘蛛精的女婿嗎？」青兵衛叫道。

「什、什麼傻話啊？不對不對，我不是要當小豔的夫婿，不是那回事啦！」久藏拼命搖手，小豔也跟著笑起來：「我喜歡久藏，不過可不想嫁他，我只是想吃他啦！」

「吃、吃他？」青兵衛更吃驚了。

「是啊！久藏跟我約定，只要他死了，我就可以把他的骨頭全部吃掉，這不是很棒嗎？」小豔高興的說。

「可、可是……」青兵衛不知如何回答。

「我要讓久藏活到很老！」小豔的眼睛發出紅色光芒，興奮的說：

「長壽的人骨頭特別好吃，短命的人骨頭好酸，我最不喜歡了。所以，請你告訴萩乃娘娘，不要懲罰久藏，我很高興能認識久藏，雖然這三天沒吃很飽，卻跟他處得很好呢！」

青兵衛咕噥了幾句，才無奈的問久藏：「您怎麼做這麼荒唐的約定呢？」

「我不認爲荒唐喔！我不想讓這孩子挨餓，可是血又不夠多，骨頭也不能取出來給她吃，所以，只好這樣跟她約定。如果有一天我死了，骨頭要拿去做什麼也都無所謂了。這樣……還是不行嗎？」久藏問。

「這個……小的不知道行不行。總之，小的先把小豔送回去她母親那裡，再跟萩乃娘娘報告這件事。」

「好，那麼就拜託了。小豔，請妳保重啊！」久藏說。

「好，久藏也要多保重。你一定要活很老，留下好吃的骨頭喔！」小豔說。

「是、是，我會努力！」久藏苦笑。於是，蜘蛛精小妖怪就被青兵衛帶走了。

過了幾天，一封未署名的信被投到久藏的小屋，信中只有行雲流水般的兩個字：「合格」。

---

4 貫：日本古代的計量單位，一貫相當於三點七五公斤。

9

初音公主和萩乃的煩惱

華蛇族公主初音在自己的閨房中醒來。她身上蓋著輕柔的絲綢被，空氣中飄著淡淡的清香，衣服架上掛著她最喜歡的露草紋樣和服。可是，這一切在初音眼中都沒有吸引力，她一點都不想要。

初音覺得胸口發疼，身體正要往前屈，就聽到紙門外頭傳來聲音：

「公主，您醒了嗎？」

「是的，妳進來吧！」初音說。

「失禮了！」話音剛落，紙門開了，一隻穿著黃色和服的紅色青蛙，端著一個木盆走進來。她是伺候初音起居的女僕蘇芳：「公主早安，我把您的洗臉水端來了。」

「謝謝妳，就擱在那兒。」初音說。

「是。」蘇芳放下臉盆，注意到床邊的東西，不禁嘆氣：「唉呀，您怎麼還留著這個？」

「嗯，因爲是最後一個了。我捨不得吃，就施了法術讓它不會腐爛。」初音說完，就把放在身旁的烤飯糰拿起來，輕輕握在手裡。那是久藏親手做的，交由青兵衛帶回來給她。

「久藏少爺讓我把這個帶回來，是要送給公主的。」青兵衛這麼說。

當初音收到飯糰的時候，心情悸動不已。雖然久藏的手藝比她好，讓她有點吃味，不過總是很高興。畢竟這是久藏親手做的，即使只是些飯糰，卻比什麼都寶貴。

初音每天只吃一點，最後終於剩下一個。她覺得很不捨，就不再吃了。

見公主含情脈脈的盯著飯糰，蘇芳不禁嘆道：「我家那老公，實在多事了！」

「哪裡的話……青兵衛下次什麼時候去見久藏呢？他有沒有說什麼？」初音問蘇芳。

「現在還沒有動靜，萩乃娘娘好像在設計下一道試煉。」蘇芳答道。

「是嗎……？下一道試煉，不知又要怎麼整他啊！」初音忿忿的說：「奶娘實在太狠心了，眞是壞心腸啊！」

「千萬不要這麼說。公主也知道，萩乃娘娘是有多麼疼愛您啊！」蘇芳趕緊接話。

初音聽了，只是咬緊嘴唇。她心裡當然明白，而且比誰都明白。她有一對不關心子女的親生父母，只有萩乃眞心誠意的照顧她。除了萩乃，沒有誰夠資格讓她稱作「母親」。

正因如此，初音最希望萩乃認可久藏，最期待萩乃爲她高興。但是，一切竟事與願違。

萩乃曾經對初音說：「戀愛的對象不一定得是同族妖怪，只要不是人類，無論是哪一族哪一類都可以喔！」

當時，初音問她為什麼。萩乃笑著回答：「人類的時間與我們妖怪不同，人的一生對我們而言，不過是短短一陣子。如果妳愛上那樣的對象，結果只會苦了自己。事實上，過去曾經有不少華蛇族愛上人類，結果他們的對象都早早死了，他們每天只有以淚洗面過日子。」

所以，萩乃鄭重警告初音，絕對不可以愛上人類。

就因為這樣，初音原本打算隱瞞她跟久藏的事。每當她去見久藏，都謊稱是去找王蜜公主，住在她的宮殿。但是，聰明的萩乃當然不會被一直騙下去。當她發現真相後，震怒不已，立刻下令把初音帶回去，軟禁在華蛇族的宮殿。

初音被硬生生跟久藏分開，生平第一次對萩乃發脾氣。但是，萩乃也是一樣。

初音被押回去那天，她們兩個吵得聲音差點震破紙窗。

「想不到妳誰都不愛，偏偏愛上人類！我絕不答應，絕不允許！」萩乃怒吼。

「那有什麼關係？我就是喜歡他！」初音不認輸。

「他沒多久就會死掉，留下妳孤獨終身，妳愛上他，將來怎麼辦？」萩乃吼道。

「不要老是說死啊死的，久藏很堅強，他一定會長命的！」初音也吼回去。

「人類的長命也不過是多活幾年，妳現在就和他分開，才不會受太大傷害。跟公主相配的妖怪多得是，趕快再找別的對象，這都是爲妳好啊！」萩乃試圖勸導。

「妳要是眞想對我好，就不要管我！」初音還是不聽。

「我怎麼可能不管妳？」萩乃高聲說。

「煩死了！煩死了！我再也不想看到妳的臉了！」初音狂喊。

「是這樣嗎？那好，我這張老臉就告退了。不過，妳也不用想去見那個男人。在我解決這件事以前，妳不能踏出宮殿一步！」萩乃重重的說。

兩人大吵一架之後，就沒有再碰面了。但是，初音無法忘記她與萩乃互相傷害的話。

「久藏……」她在心裡默念，胸口不禁發疼。

初音相信久藏，相信他一定會來迎接自己，他不也叫青兵衛這麼傳話了嗎？

「那個人就像麻糬一樣有韌性喔！」青兵衛這麼形容久藏：「他看起來挺軟弱，好像沒什麼個性，可是骨子裡卻很堅強。像那樣的人，大概不會輕易服輸的。」

事實上，久藏已經成功通過兩道試煉，只剩下最後一道了。不過，初音卻更加不安起來。

萩乃想必沒料到，人類久藏竟然這麼有韌性，她無法打敗他，心中一定非常焦急。下回她一定會想出更毒辣的方法，非把久藏整垮不可……。

但是，令初音更擔心的，卻是久藏會不會變心。如果久藏對試煉感到厭煩，說不定會放棄她，去追尋比較輕鬆的人生。初音只要一想到這個結局，就止不住害怕。

「不要緊，一定不要緊的！」她不停安慰自己。

可是，只要待在房裡，心情就會愈來愈差，光想著不好的結果。她想排遣惡劣的心情，便站起身，對蘇芳說：「妳幫我換衣服，我要去廚房。」

「公主今天也要學做菜嗎？」蘇芳問。

「當然啦！既然走到這地步，我就不打退堂鼓了。我一定要讓久藏說我的料理很棒，一定要學會做幾道他喜歡的菜。」初音振作精神說。

「您今天可又要……切到幾次手指啊？」蘇芳哭喪著臉，幫初音換上容易活動的衣服。初音整好裝，就急急往廚房去了。

同一時間，萩乃坐在自己房間的書桌前，用手指揉著疼痛的太陽穴。她昨晚整夜沒睡，絞盡腦汁在想第三道試煉。桌上散置著各種書籍和文件，還有她隨手寫下的備忘錄。

「那個人類，可眞難纏啊！」萩乃低聲嘆氣。

當她把小貧窮神送過去時，原以爲久藏一定會嚇得拔腿就跑，沒想到，他竟然有辦法讓小貧窮神轉生爲小福神。就連可怕的小蜘蛛精，居然也會喜歡久藏。這個人類，運氣簡直好得不可思議。

萩乃想像久藏發出勝利的高笑，頭就更加痛了。她起身要去取藥，正好望向化妝的鏡臺。只見鏡中的自己面容憔悴又蒼白，還帶著黑眼圈。

「這……太可怕了！要是被丈夫嫌棄，可是連嘴都回不了啊！

孩子們見我這副德行，一定也會害怕。」萩乃已經好一陣子沒回家了，都沒見到丈夫和小孩。她最近都躲在這個房間謀劃計策，思考破壞男女感情的卑劣方法。

有時候，萩乃會對自己生厭。她這麼做到底有什麼意義？爲什麼要爲那個人類男子，消耗自己和家人相處的時間？即使自己的計策得逞，也會遭到公主痛恨……只要一想到這裡，萩乃就覺得自己很笨，很想把一切都撒手不管。可是，她又不死心，只能拼命爲自己打氣。

不，她不是爲了久藏，而是爲初音這麼做的。只要這麼想，萩乃就會重新振作。初音是她一手帶大，情同母女的寶貝。初音還不懂世事，需要她來保護。跟人類談戀愛注定是悲劇收場，她絕對要讓初音放棄。

萩乃揮別鏡中的自己，再度面對書桌的時候，聽到門外傳來一聲：「失禮了！」接著一隻白色青蛙捧來一個托盤，盤上是冒著熱氣的湯碗。

「萩乃娘娘早安，我給您送甜湯來了。」青蛙說。

「謝謝妳，小雪，我正想喝呢！」萩乃接過湯碗，濃稠的甜湯下肚，身體暖和起來，疲倦也稍稍減輕了。

看見萩乃的模樣，小雪擔心的問：「昨晚您又沒睡好嗎？」

「是啊，我得趕快想出計策……公主過得怎麼樣呢？」萩乃問道。

「公主對我們還會裝出笑臉，可是……她好像不太舒服，不時揉自己的胸口。」小雪說。

「那可不好啊！妳趕快去請宗鐵醫生來，要他給公主診斷一下……還有呢？她有沒有哪裡不一樣？」萩乃又問。

「公主除了胸口不舒服，其他沒什麼變。她今天又說要學料理，和蘇芳下廚去了。」小雪答道。

「學料理……她還不放棄啊？」萩乃不滿的翹起嘴唇。

「是的，河童的藥膏都快塗完了……」小雪小聲說。

「那妳趕快去買新的藥膏，公主的指頭要是缺一塊，可不是開玩笑的！」

「是、是。」小雪趕緊點頭。

「眞是……她也差不多該放棄了，怎麼還這麼頑固啊？她的父王母后都不是這種個性哪！」萩乃嘆氣說：「那丫頭到底是像誰啊？」

小雪心想：「就是像您啊！」當然，她不敢說出口，只問道：「請問您還有事嗎？要端上早飯嗎？」

「我不餓，不用了！」萩乃說。

「可是，您昨天也只吃一點點，再不吃東西不行啊……稀飯怎麼樣呢？即使不餓，也可以像喝湯一般吞下去吧？」小雪努力勸她，萩乃只好點頭：「好吧，那妳就端一碗稀飯來。」

「是，請您稍等。」小雪急忙走出去。不一會兒，她就端來一個小鍋子和碗：「這是稀飯，請慢用。」

萩乃嘗了一口稀飯，覺得很對胃。微甜的米粒輕輕流入喉嚨，對熬夜的身體十分滋養，結果她吃了兩碗。

「好吃啊！」萩乃感嘆。小雪沒有回答。

「怎麼了？看妳高興的表情！」萩乃問。

「這個，是公主做的稀飯啊！」小雪微笑說。

「公主？」萩乃簡直不敢相信，又看了鍋子一眼。

不久前，她偷嘗過一次初音做的東西，結果差點沒暈倒，實在太難吃了！

「這眞的是公主親手做的嗎？」萩乃又問。

「是的，公主本來是想煮普通白飯，卻加了太多水，變成稀飯。不過只要把它當成稀飯，不就很好吃嗎？而且，她這回可是難得的失敗喔！」小雪說。

「什麼意思？」萩乃問。

「最近公主的烹飪技術進步很多，雖然刀工還不太好，但有抓到一點調味的訣竅了。」小雪答道。

「想不到……她竟然會進步到這種程度。」萩乃覺得不甘心，這都是爲了那個叫久藏的男子啊！她不禁垂下頭，感到全身乏力。

「萩乃娘娘，您怎麼了？」小雪驚慌的問。

「沒什麼，我只是……這裡空氣不好，妳把窗戶打開一下，全部都打開！」萩乃命令。

「是，我馬上去開！」小雪跑到窗邊，一扇扇打開，早晨的微風吹進室內，是帶著秋意的涼風。萩乃深呼吸一口氣，對季節的變化感到吃驚：「記得不久前還在過夏天，怎麼才眨個眼，空氣就變得這麼涼了？」

「是的，最近天黑得早，秋天的腳步也近了，好像外頭的影子也變濃了！」小雪說。

「影子變濃……影子……」萩乃自言自語。

「娘娘，您說什麼？」小雪聽不清楚。

「我想到了！」萩乃忽然大喊。

「呃！」小雪被她雙眼放光的樣子嚇了好大一跳。

萩乃顧不得小雪，逕自衝到書桌前，開始振筆疾書：「這樣……這樣就行了！這回一定會成功，一定會！」她一邊咕噥，一邊歘歘揮筆。

寫完之後，萩乃把紙摺好，交給小雪：「這一封信，請妳送去給影法師。」

「是，遵命。」小雪伸手接過。

「是急件，趕快去！」萩乃催促。

「是、是！」小雪像風一般飛奔出去了。

萩乃喘一口大氣，覺得心頭重擔輕了不少。

這是最後一次，她一定得成功。她不想見到公主為短命的人類悲傷，因此不得不硬起心腸。

萩乃得意的笑了一陣之後，忽然又板起臉來。如果，這個試煉也不行怎麼辦？如果那個人類還不認輸怎麼辦？

「如果……不怕一萬，只怕萬一啊！萬一發生了，該怎麼辦？」

到時候，萩乃必須投降，也必須認許久藏，讓公主恢復自由……。

不、不，那情況絕對不會發生。這回的試煉跟以往都不同，是人類久藏絕對無法承擔，絕對會被整垮的。

「我一定要……守護公主！」萩乃對自己說著，重新立下堅定的決心。

10

影法師

夏天悠悠過去，秋意漸濃，每日涼風習習，綠色的草木也逐漸轉黃。

但是，久藏卻等不到第三個小妖怪。

「這回那奶娘可是處心積慮，想設計無比難題整我吧？她不知道要找來多可怕的小妖怪啊！」久藏內心譏諷，卻又非常不安。青兵衛一直都不來，也沒有初音的消息。

「可惡，到底要我等多久啊？再去拜託千彌，請他讓我直搗華蛇族宮殿吧！」久藏正想開始行動，青兵衛卻終於在此時露臉了。

「好久不見，久藏少爺。」青兵衛行禮道。

「太好了！青兵衛，我正想再去闖你們宮殿，這次的間隔可眞長啊！」久藏說。

「是的……因爲在辦喪禮，忙了好一陣子……」青兵衛支支吾吾的說。

「那太不幸了！是誰過世呢？」久藏問。

青兵衛抬起頭，雙眼紅腫的說：「是公主……」他的聲音非常沉重。

久藏一聽，頭上彷彿落下一個巨鐘，耳邊嗡嗡響個不停。青兵衛卻自顧自喃喃說下去。

原來，初音忽然病倒了。華蛇族延請各方名醫來診斷，又求助各種神藥，卻無法挽回她的生命。兩天之前，公主正式水葬。

久藏聽完，仍然無法相信。初音怎麼會死？那個充滿生機的、可愛的初音？

「你胡說……」他終於發出聲音：「開玩笑也得有分寸啊，青兵衛！」

「不，這都是眞的……」青兵衛哽咽的說。

「你胡說，我不相信！那是……不可能的！」久藏叫道。

青兵衛終於哭出來了。他一邊哭，一邊將懷裡的紅色布包遞給久藏：「請收下這個。」

「這是什麼？」久藏臉色慘白。

「這是公主的遺孤，她在過世以前，生了一個女兒……這是，她和久藏少爺的孩子。」青兵衛說。

久藏的腦袋一片空白，他感覺全身虛脫，靈魂彷彿也出竅了！

當青兵衛硬要把布包塞給他時，久藏瞬間回神，頻頻後退，身體緊貼牆壁，驚恐的說：「等一等！我跟初音的孩子……？我對天發誓，我跟初音不過是手牽手，沒有做踰矩的事啊！」

這怎麼可能是他的孩子？他怎麼會有孩子？久藏無法接受。

對著神色悲愴的久藏，青兵衛搖搖頭說：「人類跟妖怪是不同的生物，公主實在太愛久藏少爺，卻一直見不到面，她的相思之苦變成小生命，就懷在她的肚腹裡。這孩子絕對是公主和久藏少爺愛的結晶啊！」

「啊……」久藏無法回答。

「華蛇族拒絕撫養這個孩子，既然公主過世了，她就不能繼續待在宮殿……所以，小的就把她抱來給久藏少爺。拜託您，千萬不要捨棄公主的遺孤啊！」青兵衛懇求道。

久藏一句話都說不出來，他的身體不聽使喚，一直發抖。這個嬰兒的出現，比初音過世的噩耗更令他震驚。

久藏不是沒想過將來要有孩子，可是，忽然有人將陌生的孩子塞給自己，未免太荒唐了！

不過……他還是移動了。久藏緩緩靠近青兵衛手上的布包，感覺自己的心臟怦怦狂跳。他冒著冷汗，往布包裡頭瞧。一瞬間，他看見的是個黑色的蛋。

不，那只是錯覺。布包裡是一個頭髮烏黑的小嬰兒。她的膚色雪白，臉蛋可愛，跟初音很像，不過修長的眼睛和耳朵形狀，又跟久藏一模一樣。

不錯，這是初音跟自己的孩子！久藏又發起抖來：「這孩子……」

「是女孩子，請您抱抱她。」青兵衛說。

「呃，不、不……！」久藏還沒有接受的心理準備，整個人往後跳開。

青兵衛悲傷得臉都歪了，他輕輕的把嬰兒放在地上。

「等、等一下，青兵衛！你真的要把這孩子交給我嗎？」久藏喊道。

「是的。小的也想過要撫養她，可是，小的只是一介青蛙，又有一大群自己的孩子，已經無力再多養了……拜託您，請您盡全力守護她。如果您對公主還有一點情意，就請您善待這個孩子。」青兵衛說完，深深一鞠躬，就逃也似的消失了。

呆在原地的久藏，只得悄悄靠近嬰兒。嬰兒正在熟睡，久藏細看她的臉，覺得愈看愈像初音，他的腦海裡，不禁浮現初音鮮活的倩影。

當久藏第一次帶初音去淺草觀音寺時，她那興奮的笑容。當初音吃著久藏在散步途中買的糯米糰，她那副滿足的神情。當久藏和其他女人說話，初音看了有多麼嫉妒，就連那鼓起的小臉也很可愛。

久藏沉浸在回憶裡，卻發現嬰兒開始掙扎，接著小聲哭起來了。

「妳餓了嗎？」久藏只好抱起嬰兒，卻被那感覺嚇了一跳。她既柔軟又有重量，那是溫暖的，生命的重量。

他感覺胸口一陣刺痛，急忙抱著嬰兒往主屋跑去。

久藏的爹娘見他忽然抱來一個嬰兒，當然大吃一驚。但是，當他們聽說這是自己的孫兒之後，都非常驚喜。才沒多久，他們就把嬰兒的玩具、衣服和尿片都準備妥當，甚至連餵奶的奶媽都請了。

久藏的娘陶醉的抱著嬰兒，一邊問他：「眞是個可愛的孩子！只是，她的親娘呢？是誰家的女兒啊？」

「是初音……」久藏低聲說。

「初音？我可沒聽過，是誰啊？」久藏的娘問。久藏簡直不敢相信，當初他娘明明是多麼疼愛初音，還說她是未來的女兒啊！

久藏正要開口責備母親，說她開玩笑也不能太過，卻驀的恍然大悟。原來，初音是施了法術，讓自己具備「久藏未婚妻」的身分。在他們身邊的人，都被法術套住而信以爲眞。但是，如今初音已經死了，她的法術也被解除，因此周圍的人連她的存在都忘記了。

久藏努力壓下心中苦楚，小聲對母親說：「我想過要把她正式介紹給爹娘，可是卻說不出口，結果她生下孩子就走了……」

「是這樣啊？眞是苦命的孩子……」面對淚眼矇矓的爹娘，久藏更加不知道該說什麼。雖然他只是看情況撒謊，卻深深感到痛苦。他覺得自己對不起初音，心情非常惡劣。

但是，久藏畢竟是久藏，他接著說：「初音沒有兄弟姊妹……所以，這孩子只能留給我……爹、娘，我可以養她吧？」

「當然可以！這孩子就是我們的寶貝孫子，對不對？」久藏的娘說。

「當然了！我們得代這孩子的親娘照顧她，這樣我也不能太早退休了！」辰衛門說。

「是啊！對了，久藏，你有沒有給她取名字？」久藏的娘問。

「不，還沒有……叫琴音怎麼樣呢？」久藏忽然靈光乍現。

「琴音？眞是個好名字啊！」久藏的爹娘大喜，從那天以後，他們家就成天圍繞著琴音打轉了。

久藏全家都喜歡琴音喜歡得不得了，就連女僕阿玉和廚娘阿鶴，只要一得空，就跑來看嬰兒。久藏的爹娘更不用說，片刻都不肯離開琴音。

只有一個人對琴音十分冷淡，就是久藏。

久藏不知道該如何對待琴音，雖然內心覺得她很可愛，不知怎的卻有點憎恨她。他盡量不接近琴音，全部委由父母照顧，自己總是退一步看著，嘴巴光說「好可愛！」，卻從來不抱她。

久藏改變態度，是在琴音三個月大的時候。她每天不斷成長，愈長愈可愛，也愈來愈像初音。

久藏心底覺得不太舒服，爲什麼只有這孩子在這裡，卻不見初音？爲什麼初音要捨他們而去？雖然一切都無可奈何，他卻無法不生氣。

他瞪著琴音，只見她張開清澈的大眼睛，噗哧一聲對父親笑了起來。

久藏嚥下一口氣，他被嬰兒純潔的笑臉震懾了。他忍不住靠近琴音，伸出手去。琴音又笑起來，握住久藏伸出的手指，她的力氣比想像中大。

看著笑得燦爛的琴音，久藏忍不住自言自語：「這麼可愛的笑臉，初音卻看不到啊！」下一瞬間，淚水湧進眼眶。

這是久藏得知初音過世以後，第一次哭泣。他不停的哭不停的哭，哭到眼珠彷彿要融化了。

當他回過神來，發現自己緊緊抱著琴音。那一天，久藏終於接受初音離去的事實。也就在那一天，久藏眞正當了父親。

從此以後，久藏不再對琴音疏離，他變成溺愛女兒的父親。除了餵奶的時候交給奶媽以外，他整天抱著女兒，不讓別人接手。雖然初音已經不在，至少她留下了女兒。這個寶貝女兒，久藏一定要讓她幸福。

久藏心中的傷口，因爲對琴音的愛而逐漸癒合。幸好琴音連一次感冒都沒有得過，健康平安的長大成美少女。

轉眼間，十四年過去了。琴音長成像初開的牡丹一般秀麗的少女，人見人愛。

有一天早晨，她的祖父辰衛門半開玩笑的說：「琴音也可以開始找對象了！」

「爹，還早啦！」久藏馬上插嘴：「琴音還不到那年紀嘛！」

「誰說的？現在就有不少人來打聽呢！不過，我們得先問琴音的意思。妳有沒有喜歡的人啊？」辰衛門問道。

「爺爺，我有。」琴音竟然回答。久藏聽了，耳朵差點掉下來：

「琴音，妳不要胡說！沒這回事吧？」

「我要是說了，阿爹一定會生氣嘛！」琴音囁嚅道。只見她雪白的臉頰微微泛紅，顯然是眞的在戀愛，久藏忍不住昏頭了：「是、是哪裡的哪家的誰？我不生氣，妳說說看！」

「您絕對不生氣嗎？」琴音怯怯的問。

「絕不生氣，所以，妳趕快告訴我呀！」久藏拼命催促。

「那個嘛……」琴音的臉頰更紅了：「是彌助哥。」

「彌助！」久藏一聽，登時抓狂：「妳是說、那個千彌家的彌助？那個小狸助？」

「是的。」琴音點頭。久藏簡直不敢相信，只能抱住自己的頭。

已經近三十歲的彌助，仍然與千彌相依爲命住在一起。因爲千彌寵他，彌助的外貌還像個少年，看起來比實際歲數年輕很多。另一方面，千彌的外貌卻完全沒改變。

「琴音，爲什麼妳會看上彌助？要是千彌還可以理解啊！」久藏吼道。

「不，我討厭千彌！」琴音馬上回答。

「爲什麼？」久藏問。

「因爲彌助哥很溫柔，都會陪我玩。千彌卻只關心彌助一個人，我就是喜歡他也沒用啊！阿爹應該也這麼想吧？」琴音振振有詞的說。

久藏聽了，不知該如何回答。沒錯，無論誰愛上千彌都是徒勞。可是，琴音誰不好愛，竟然會愛上彌助？

久藏拼命勸阻琴音，她卻斬釘截鐵的說：「總之，如果叫我招夫婿，我就選彌助。」

「我要……殺了他！」久藏氣得咬牙切齒。

「阿爹，您不是說不會生氣嗎？」琴音抗議。

「我沒生氣，只是說要殺他呀！這樣吧……我找人去暗殺他！」久藏氣呼呼的亂喊。

見兒子發飆失控，辰衛門舉起手裡的扇子，往他頭上敲下去：「久藏，你不要胡鬧！彌助我也認識，是個好青年啊！」

「爹，您怎麼可以這樣？」久藏喊道。

「不如說，琴音的眼光很好，值得嘉獎呢！」辰衛門又說。

「爺爺，您再幫我說幾句啊！」琴音笑道。看著女兒燦爛的笑臉，久藏忍不住淚眼汪汪。這麼可愛的寶貝女兒，竟然得把她送給彌助？他的胸口一把火，大吼：「我就是不能原諒他！我要把他綁起來，丟進大河裡！」

「唉呀！阿爹，您好可怕！」琴音打哆嗦道。

「是呀！傻父親獨占女兒也得有分寸，你再這樣，琴音太可憐了！」辰衛門爲孫女說話。

「爹，您可沒資格說我是傻父親欸！琴音，妳不要靠近彌助，不然可能會被千彌活埋喔！」久藏軟硬兼施。

「嘻嘻，我會很小心啦！」琴音根本不當一回事。

「不、不是那樣說！」久藏喊。琴音不再理他，一溜煙逃走了。

久藏一邊追女兒，一邊想，終於到了不得不放手的時候了嗎？他的心底很苦澀，卻有一種奇異的滿足感。就像是一陣寂寞的風吹過胸口，又帶著溫暖的空氣。這樣下去，他是不是得贊成這門親事了？彌助還算小問題，千彌那一關可是比登天還難……不，在那之前，他得先把彌助抓來教訓一頓。不過，他不能讓琴音知道，得小心行事……。

然而，最後琴音的婚事只鬧了一場，卻沒來得及讓她實現願望。在這件事傳到彌助那裡以前，琴音就病倒了。

琴音是突然發燒倒下去的。她從小到大沒生過什麼病，這次竟然一病不起，匆匆過世了，彷彿春天的櫻花遇見狂風，花瓣忽忽掉落，飄散天際。

久藏悲傷得無法自已，他不斷嘶吼，幾乎要吐血。這樣一個如花似玉的美少女，為什麼這麼早就得離開人世？她不是遺傳了妖怪的長壽血統嗎？被悲傷和憤怒淹沒的久藏，把自己關在房間內，拒絕參加琴音的喪禮。

久藏趴著就啃榻榻米，站起來就用身體撞牆，最後他終於暈倒了。

當他再度醒來，發現面前有一面鏡子，鏡中映照出自己憔悴乾癟，宛如老人的容顏。

「嘿嘿……我也要完蛋了！」久藏並不害怕。他失去了初音，又失去了琴音，已經沒有剩下什麼，也什麼都不想要了！

他一拳打破牆壁，拾起一塊壁板碎片，就要往自己的喉嚨插下去。

忽然，有一股力量把他按住。久藏全身麻痺，連指頭都無法動彈。

「放、放開我！」他大喊。

「不——行！」有個像小孩的聲音說。接著，久藏映在地上的影子，忽然自己慢慢爬起來。那個沒有五官的黑影逐漸擴大，向久藏靠近。只見它的臉裂出一張紅色大嘴，說：「我要開動了！」

下一刻，久藏感覺他從頭到腳被什麼東西吞進去了！

他被一個巨大的生物吞進嘴裡，通過它黏答答的喉嚨，再掉進它潮溼溫熱的胃袋。太噁心了！久藏忍不住放聲大叫：「哇啊——！」

一瞬間，他被自己的叫聲驚醒，睜開眼睛，發現自己躺在一個陌生的房間地上。不，並不陌生，那是他熟悉的地方。

「這裡……不是我曾經住過的小屋嗎？」久藏納悶。可是，他的小屋早就在琴音五歲那年拆掉了。

正莫名其妙間，忽然有誰把一面小鏡子遞到他眼前。久藏一看，嚇了一大跳！鏡子裡是二十幾歲的自己，而不是四十幾歲的中年模樣。

「咦？咦？」久藏無法理解。

「這只是個夢，你在作夢罷了！」他抬起頭，發現有個女人站在面前。她雖然不太年輕，卻有著驚人的知性美。

久藏不停眨眼睛，直直盯著那個女人，好不容易才擠出聲音：「奶娘……」

「久藏，好久不見了。」華蛇族的萩乃說。

「爲什麼、妳會在這裡？」久藏吃驚的問。

「第三道試煉結束，所以我就來了。」萩乃說。

「試煉？是怎麼回事？」久藏不解。

「爲了初音公主而給你的試煉，你該不會忘記了吧？」萩乃揚起眉毛。

「妳說什麼？初音在很久以前就走了……」久藏說。

「我們公主活得好好的，你再不趕快醒來，我就沒法跟你說話啦！」萩乃有點不耐煩。

到這時候，久藏終於有點想通了：「妳是說……那只是一場夢？」

「跟普通的夢不太一樣，你是被送進影法師的夢裡。」萩乃解釋。

「影法師？」久藏沒聽過。

「影法師是教人做很長的夢，再把夢中的喜怒哀樂吃掉的妖怪。你被託付的是影法師的孩子。那時候青兵衛把嬰兒交給你，說是初音公主的孩子對不對？她其實是影法師的孩子。從那時候到現在，還沒過一晝夜呢！」萩乃說。

換句話說，自從久藏接下那個孩子，就被送進影法師的夢裡了。可是，他還是難以相信：「我確實……養過十四年女兒呀！」

「那也只是個夢，你就醒醒吧！對了，影法師的孩子很高興，說你的夢很有意義很夠味呢！」萩乃故意笑道。

見久藏只是發愣，萩乃又說：「你想想看，如果公主真的留下一個孩子，我們華蛇族會拒絕養她嗎？太荒唐了！我們一定會把她當成千金寶貝養大啊！」

久藏聽了，還是說不出話來。

「看來你終於懂了，不錯，這一切都只是個夢……我要讓你知道，一旦獲得了無價之寶，失去時會有多麼絕望。失去的絕對不再回來，又是多麼痛苦。你親身體會過這種滋味，覺得怎麼樣呢？」萩乃淡淡的問。

久藏不可置信的看著萩乃，原來這都是她設計的夢，只是一場假戲。當青兵衛把嬰兒放下來的時候，他就完全被騙了！

久藏的心底一片冰涼：「妳真是……做了一件很殘酷的事啊！」

他的聲音比自己想像的更沒有溫度。

萩乃的臉色微微一變：「我是惡作劇沒錯，我自己也覺得不太好。不過，我可不會向你道歉！你剛才在夢裡經歷的事，總有一天都會發生在初音公主身上。你這個人類再怎麼努力延命，還是會留下公主先死的。」

萩乃說，她就是要讓久藏體會心愛的人先走的滋味：「我再問你一次，請你想想，你有讓公主陷入痛苦深淵的覺悟嗎？你想讓公主每天獨自以淚洗面嗎？」

久藏鐵青著臉跪在地上，他還使不出力氣，站不起來，但是胸口卻有一股熱氣緩緩上升。最後，他掙扎著說：「人類是……自私的！」

「就算讓公主受苦，你也要實現自己的欲望嗎？」萩乃厲聲道。

「我沒有義務讓妳指使我，命令我這個那個！」久藏怒吼。

「你說什麼？」萩乃有點吃驚。

久藏盯著她用力說：「我再也不要跟妳說話了！請妳讓初音過來，這是我們兩個的事，我們要自己解決！」

一反剛才被徹底擊垮的悲慘模樣，他的眼睛燃燒著怒火，似乎把萩乃的氣焰壓下去了。萩乃瞪著他好一會兒，最後終於點頭：「好吧……」

萩乃的身影一消失，下一瞬間，初音就出現了！

「久、久藏！」

「初音……」久藏一把抱住哭著跑過來的初音：「好久沒見啊！」

「我好、好寂寞呀！」初音哭著說。

「我也是，看見妳平安無事，比什麼都高興哪！」久藏溫柔的撫摸初音臉頰，看她是否眞的沒事：「聽說妳在學料理？」

「是啊，我也在學縫紉跟打掃呢！」初音說。

「爲什麼那麼努力呢？」久藏問。

「聽說人類的世界叫這個是『新娘學校』？想到我可以照顧心愛的人，眞是一件很愉快的事啊！」初音正色道：「記不記得你一開始就說，不知道會不會愛上我？現在還是那麼想嗎？」

久藏沒有回答。

「不過，我……我還是喜歡久藏，不想就這麼放棄。所以，我立下決心，要當一個更討人喜歡的人。我要變成讓你迷戀，打從心底喜歡的女人。」初音堂堂說完，久藏不禁對她另眼相看。

沒想到，初音竟然變得這麼成熟？她在兩人分別的這段期間，似乎又成長一大步。這不正是教他迷戀的女人嗎？久藏原來把她當妹妹看待，現在那種感覺好像逐漸消失了。

對著瞇起眼睛打量自己的久藏，初音擔心的說：「我一直從青兵衛那裡探聽你的消息。聽說……你爲了我，遭到非常嚴苛的試煉啊？」

「青兵衛那傢伙……！」久藏忍不住低聲咒罵。青兵衛那雙哭紅的眼睛和悲痛的表情，把他完全蒙騙住，什麼叫「公主過世了」？

「那傢伙可眞是個一流演員啊……下回我一定要把他灌醉，讓他倒地不起！」久藏碎念道。

「久藏，你說什麼？」初音問。

「咦？我只是自言自語。第一道跟第二道試煉，還不算難過……可是，第三道試煉可真辛苦啊！」久藏想笑著帶過去，表情卻不自禁扭曲了：「我被萩乃送進一個夢境，夢裡妳跟我有了一個女兒，我就把她撫養長大。我好疼她好愛她……她卻突然死了！」久藏說著，眼淚不停湧上來，只好趕快伸手去擦：「我真是沒用啊！雖然現在知道那只是個夢，卻怎麼都免不了悲傷……」

「久藏……」初音說不出話來。

「初音，我畢竟是個人類，無論如何都會比妳早死，到時候妳怎麼辦呢？」久藏忽然問。

「咦，你說什麼？」初音一時會不過意來。

「有一天我要是死了，妳怎麼辦呢？拜託，請妳一定要回答我！」

久藏嚴肅又悲戚的表情，令初音有點害怕。不過，她馬上鼓起勇氣說：

「我當然會……傷心啊！我會一直哭一直哭，為失去你悲傷……可、可是，我會繼續活下去！」

「活下去？」久藏問。

「是的，因為……只要我還活著，只要我還記得久藏，你就會活在我心中。而且……說不定我們會有孩子，也會有孫子。我一定盡心盡力守護他們，直到我去和你再會的那一天。」初音鎮定的說。

久藏聽了，忽然大笑起來。他一邊笑，一邊掉淚，眼淚和笑聲混在一起。

見久藏這副模樣，初音忍不住噘起嘴說：「你笑什麼？我可是認真在回答啊！」

「啊！抱歉抱歉！我是在想，我有多麼笨啊！妳太聰明了，這回答太棒了！那麼我就不再擔心了……我現在就向妳求婚！」久藏大聲說。

「咦？」初音睜圓眼睛。只見久藏輕輕執起她的手，說：「華蛇族公主，我雖然只是一介平凡的人類男子，妳可願意在我的有生之年，和我一起生活下去嗎？」

初音聽了，一時無法動彈。她那雙美麗的大眼睛，直直看著久藏。久藏的眼睛沒有閃躲，手也沒有放開。

終於，初音的眼睛溼潤了。她流下珍珠般的眼淚，笑顏燦爛如花：

「我願意！」初音大聲說完，再度投入久藏的懷抱，久藏也將她緊緊抱住。

一個月之後，在華蛇族的宮殿，舉行了久藏和初音公主盛大的婚宴。

隨從們的酒宴

1

那是在久藏和初音的喜宴結束，大約一個月以後的事。彌助陸陸續續又托顧了幾個小妖怪。

一開始來托兒的是烏天狗飛黑。他是妖怪奉行所所長月夜王公的護衛，全身披著黑色羽毛，背上的一對大翅膀也是黑漆漆的，還有一雙突出的大眼睛，加上又長又尖的嚇人鳥嘴。老實說，誰也不想在夜裡碰見這種妖怪。

飛黑的孩子是兩隻小小的烏天狗，他們是一對雙胞胎，無論身材大小、翅膀形狀或穿著打扮，都一模一樣。不過，他們與飛黑不同，小手、臉蛋和脖子都沒長毛，更顯得肌膚細嫩白皙。此外，他們的臉不是鳥形而是人形，有一對狹長的眼睛，嘴唇像鳥嘴般微微翹起，看起來很可愛。

「這是我的兒子右京和左京，這位是開妖怪托顧所的彌助。還不快問好！」飛黑催促孩子們。

「我是右京。」「我是左京。」雙胞胎兄弟乖乖行禮。

彌助盯著飛黑好一會兒才反應過來：「原來你有小孩……」

「有什麼奇怪嗎？」飛黑問道。

「不……只是有點意外。我還以爲你心裡就只有月夜王公一人呢！」彌助遲疑的說。

「你、你不要亂說！我心裡可是只有我老婆的！」飛黑大聲回嘴。

「呵呵，他說的是眞話。」一道柔和的聲音傳來。

在飛黑身後，不知何時站著一隻大貓。她的頭上包著紅頭巾，毛色黑白相間，正是依附在人類身上，專門教人說夢話的夢話貓。

「我是夢話貓阿柔，彌助，好久不見了！」夢話貓說。

「哦，好久不見！聽妳剛剛說的，妳知道飛黑跟他太太的事嗎？」彌助問。

「知道啊！飛黑和他太太，可是有名的恩愛夫妻喔！」阿柔咯咯笑起來，飛黑瞪了她一眼：「阿柔，妳不要多話！」

彌助看著他們，插嘴問：「你們很熟嗎？」

「是呀！認識很久了。」阿柔說。

「因為我們的主人相熟，才認識的。」飛黑說。

「原來如此……我知道飛黑的主人是誰，不過夢話貓也有主人嗎？」彌助又問。

「是的，我的主人是王蜜公主。」阿柔答道。

彌助瞪大眼睛道：「哦！是那個妖貓公主？」

「是的，她是我們妖貓族的一族之長。」阿柔恭敬的說。

「是這樣啊……不過，伺候那位公主，應該很辛苦吧？」彌助同情的問。

「呵呵，她是有可怕的地方，不過要是誰碰到困難，她都會伸援手喔！說起辛苦，飛黑伺候他的主子，一定更辛苦吧？」阿柔憐憫的望向飛黑。

「欸，眞的呢。誰要是當月夜王公的部下，大概都沒法休息吧！」彌助點頭說。

被彌助和阿柔用同情的眼光注視，飛黑好像有點不是滋味，拍了一下翅膀，卻又找不到話可以回。

「呵呵，飛黑看起來就是有一肚子話要說啊！」阿柔又笑起來。

「阿、阿柔妳才是，一肚子話都變成斑點長在身上了！」飛黑勉強回嘴。

「哇，飛黑可眞會消遣我！罷了！彌助，我家小貓又要拜託你照顧了。」阿柔說完，就解下頭巾，取出一隻很小很小的貓，他跟阿柔長得一模一樣。

「丸、丸藻……」彌助有點退卻。上回他托顧丸藻的時候，遇到很大的麻煩，除非絕對必要，實在不想再收留他呀！

正當彌助在心中喊不的時候，原本在房間角落研磨按摩用針的千彌，忽然湊過臉來，笑呵呵的對阿柔說：「我們最歡迎妳的孩子了！這次要寄多久呢？」

「啊，不，這次只拜託一個晚上，明早我就來接他。」阿柔好像被親切的千彌嚇一跳。

「什麼嘛，只有一個晚上？太沒意思了！」見千彌一臉掃興，彌助只能苦笑。千彌一定是想利用丸藻，使得彌助又說「千哥，我喜歡你！」之類的夢話，好讓自己陶醉吧！

無論如何，既然只要帶一個晚上，彌助就比較安心了：「好啊，丸藻，你過來吧！」他招呼說。

丸藻一聽，就滾到彌助手上。他圓滾滾的樣子，讓一旁的飛黑兒子們齊呼：「好可愛啊！」

「爹爹，小貓眞可愛啊！」「爹爹，您看見了嗎？他好好玩呀！」

「是啊！今晚你們也要託給彌助，得跟丸藻好好相處喔！」飛黑慈祥的叮囑兒子們。

「知道了！」雙胞胎小兄弟齊聲說。

「明天早上我就來接你們，你們得聽彌助哥的話喔！」飛黑又說。

「是！」小兄弟又答。

彌助看著飛黑對孩子的態度，忍不住暗嘆他是個好父親。然後，他才想起什麼似的說：「今天晚上有兩組托兒，可眞少見呢！」

「不，還有一組父子會來吧！」飛黑卻說。

「哦，是嗎？」彌助很驚奇。

「是的，他跟我說要來這裡。」飛黑說的沒錯，就在他和阿柔離開後不久，有一隻大青蛙頭頂著木盆出現了。

「你是初音公主那裡的……？」彌助訝異道。

「是，我叫做青兵衛。在喜宴上沒跟您打招呼，十分失禮。」大青蛙說。

是的，初音和久藏的婚宴，彌助和千彌也出席了，久藏曾經叮囑他們一定要去。

「當然會去嘍，我要看久藏緊張害臊的樣子，怎麼能不去呢？」

彌助嘴上調侃他，私下卻有點擔心。

久藏再怎麼大膽，也只是一介人類，要是被一大群妖怪包圍，就像被蛇盯住的青蛙，說不定會嚇得手足無措。

彌助擔心他在喜宴上鬧出什麼糗事，若真的有個萬一，總是得幫他解圍。於是，他和千彌很誠心的赴宴了。

不過，彌助是白擔心一場。穿著黑色大禮服的久藏，看起來儀表堂堂，表現也很沉穩，在充斥俊男美女的華蛇族當中，一點都不遜色。

更令人欣慰的是，久藏看起來很幸福。無論是凝望穿純白新娘禮服的初音時，那深情的目光，或是兩人交談時的溫柔微笑，都令人感到非常溫馨，而初音對久藏也是一樣。

這一對新人兩情相悅的氣氛自然感染了四周，賓客們紛紛讚美他們是天造地設的佳偶。彌助雖然暗自挖苦：「哼，好沒趣啊！」事實上，他也在心裡祝福他們呢。

話說回來，這隻大青蛙是彌助在喜宴上看過的。那時候他不停端菜和給客人倒酒，忙得團團轉，讓彌助留下深刻印象。

「婚禮順利結束，眞是太好了！」彌助說。

「是的，我們這些僕從也終於鬆一口氣。」青兵衛說。

「那的確是一場很棒的喜宴，料理都很好吃，會場的花飾也很美……對了，久藏的父母都有出席，嚇我一跳呢！」彌助想起來說。

「貴爲新郎的父母，當然不能不請他們參加，否則就太失禮了。不過不要緊，我們在他們身上施了一點法術，讓他們看見的，就是一場普通的人類婚禮。久藏的父母一點都沒有懷疑呢！」青兵衛欣慰的說。

「原來如此！」彌助笑著點頭。

婚禮結束之後，初音隨久藏返回人間。現在，他們倆搬出來住在外頭的一幢房子，過得就像普通的年輕夫妻。再過不久，久藏的父親就要把幾幢名下的長屋交給他管理了。

「沒想到那傢伙也要變成一家之主了……眞難以想像，久藏會認眞工作啊？」彌助偏著頭說。

「沒問題的，公主也在旁邊幫著他。公主現在已經像個能幹的少婦喔！」青兵衛驕傲的說。

「那太好了！」彌助趕緊點頭。

「呵呵，我們青蛙僕從終於可以歇歇腿了！想想這幾個月，眞是忙得不可開交，昏頭轉向呢！」

「那你是想託孩子給我，自己放個假嗎？」彌助問。

「是的，拜託您照顧了！」青兵衛把頭上的木盆拿下來，端給彌助。只見木盆中盛滿清水，裡頭是一群黑色的大蝌蚪，正活潑的游來游去。

「好大一群孩子啊！」彌助驚嘆道。

「是的，一共有五十六個，從右邊開始是……」青兵衛想一一介紹。

「呵呵，不用介紹了！等你全部介紹完，天也快亮了！你趕快去休息吧！」彌助笑說。

「那麼就麻煩您了！我這就告退，明早再來接他們。」青兵衛說完，就匆匆離開了。

這時，在裡頭跟丸藻一塊兒玩的烏天狗小兄弟湊了過來，一看見木盆就驚呼：「好多呀！」「真的，怎麼這麼多呀？」

「是啊，一共有五十六隻呢！」彌助說。

「哈哈，右京，我們家要是有五十六個右京跟左京，該有多好玩呀！」左京笑道。

「一定很好玩！我們拜託爹娘，再給我們添五十四個兄弟吧！」右京興奮的說。

「喂喂，不要開玩笑啊！」彌助苦笑著，一邊對千彌說：「千哥，這回可真有趣，一個晚上竟然有三家妖怪來托兒，而且都是明天早上要接回去。」

「是啊……不過，說不定他們的父母是要去同一個地方呢！」千彌說。

「原來如此，所以，他們來接孩子的時刻都一樣？可是我看不出他們之間的關係啊！」彌助歪著頭想。

不過，事實上千彌猜中了！

2

離開彌助家後，烏天狗飛黑和夢話貓阿柔，先分開一會兒，再各自背著好大的包袱，前往人煙稀少的森林裡會合。

「青兵衛還沒到嗎？」阿柔問。

「是啊！不過大概馬上就來，我們先去準備吧！」飛黑答。

「好啊！對了，那三隻老鼠呢？」阿柔又問。

「他們大概來不成，聽說他們的小孩終於開口說話了，他們片刻都不想和小孩分開呢！」飛黑笑說。

「唉呀，真可惜！沒有那三隻老鼠，好酒的滋味也要打折扣了！」阿柔一面說，一面將豔紅色的大布巾攤開。接著，她取出一個大酒瓶，再將三個紅色酒杯排好。

另一邊，飛黑用法術點燃火種，將他帶來的鍋子加熱。不一會兒，鍋裡傳出誘人的香味，阿柔忍不住吸吸鼻子道：「好香啊！」

「這是菌菇湯，我好像煮太多了。我家太座最喜歡這道湯了！」飛黑說。

「呵呵，你們家還是相親相愛啊！」阿柔嘻笑道。

「哪兒的話，要是太座心情不好，家裡的氣氛可就惡劣了！」飛黑理所當然道。

這時候，青兵衛也到了。

「哇，對不起我遲到了！臨出門還忙這個忙那個。不過我有照約定，帶來很多下酒菜，請擔待些吧！」青兵衛說完，就取出一個好大的木盒子，裡頭是配料豐盛的燉飯、厚實的煎蛋捲、肉丸、拌魚漿、

天婦羅、滷菜、涼拌菜、醃菜等等，看起來就很豪華。

「哦，這麼豐盛，就原諒你遲到了！那麼，我們開始吧？」飛黑滿意的說。

「開動！」青兵衛也說。

「首先來一杯吧！」阿柔笑道。

三個妖怪一齊拿起斟滿酒的杯子，齊聲說：「乾杯！」接著就開始了這場隨從們的酒宴。

這場宴會，最初是飛黑提議的：「華蛇族公主的喜宴結束，大事也告一段落了。我們這些底下的妖怪來聚一下，開個慰勞會怎麼樣？一邊喝酒，一邊互相吐吐苦水如何？」這個提議馬上得到阿柔和青兵衛贊同。

當他們乾完第一杯，青兵衛對阿柔說：「首先得向阿柔道謝，公主的婚禮承蒙妳幫忙了！」

「啊，你是說，給新郎父母施法術的事？」阿柔笑說。

「是的，幸好有給他們施法術，婚禮才能順利舉行。要是沒做，恐怕就要鬧出大問題了！畢竟人類都很怕妖怪，對妖術很忌諱啊！」青兵衛苦笑道。

在王蜜公主的命令下，阿柔先給久藏的父母施咒。中了法術的兩老，就算見到各形各樣的妖怪，也像看見普通人似的，一點都不吃驚，和平安穩的吃完喜宴。

對著低頭道謝的青兵衛，阿柔笑道：「這都是我家主人的命令，我只是遵命辦事罷了……不過，施這個法術可不簡單哪！雖說我們夢話貓不但會讓人說夢話，也會教人看見幻象，但這次施法耗掉我不少妖力……現在好像瘦了一點！」

「眞是對不住……」青兵衛歉疚的縮著頭說。飛黑卻搖頭道：「不，照這樣講，該先低頭的是我呀！尤其是對青兵衛……我家太座可把你搞得昏頭轉向吧？」

「的確是啊！」青兵衛一面嚼煎蛋捲，一面說：「老實說，給久藏三個試煉的期間，我都緊張得快胃穿孔了！」

「宮殿裡是那種氣氛嗎……？不瞞你們說，我在家也是過得戰戰兢兢啊！」飛黑說。

「豈止是戰戰兢兢？我就像被雷打到一樣恐懼哪！」青兵衛抱怨道。

「是、是嗎？」飛黑不知如何回答。

這時，阿柔出來打圓場：「如今婚禮總算大功告成，您夫人的火氣也消了吧？」

「呃，是沒錯……不過我原以爲她不再想那件事了，她卻像失了魂魄一般，現在每天都關在房間昏睡啊！」飛黑無奈的說。

「幸虧如此，我們青蛙僕從總算可以放鬆了……不，我沒說什麼喔！」青兵衛趕緊住嘴。

「哪裡，我懂你的感覺。我家太座給你們添太多麻煩了！趁她不在的時候，請你們盡量休息吧！」飛黑像是要代妻子道歉，一口飲盡杯中的酒。

這時，阿柔試圖轉開話題，問青兵衛：「說到太座，青兵衛的夫人怎麼樣呢？」

「她得到長一點的假，去泡溫泉了。」青兵衛無奈的說：「我家那口子每天陪公主進廚房學做菜，每次看見公主切斷手指，就得馬上掏出河童的藥膏幫她黏合。天天看那樣的場面，再怎麼有膽量，也差不多用光了！她說暫時都不想見到菜刀或藥膏，自顧自就去溫泉泡湯了！」

「那麼，你家大小事都得由你一手包辦了？可眞辛苦啊！」阿柔同情的說。

「不，其實還好，我本來就喜歡下廚啊！這些下酒菜全是我做的喔！」青兵衛得意的說。

「哦，的確好吃！」飛黑感嘆。

「這料理不同凡響啊！」阿柔也讚美道。

青兵衛被這麼稱讚，不禁得意的鼓起他的青蛙肚皮。不過，他的肚皮很快又消了，陰沉著臉說：「雖然過去這段日子很辛苦，不過……真正苦的可能還在後頭哪！你們知道萩乃娘娘給久藏少爺的第三道試煉，是要我送影法師的孩子去他那裡嗎？」

「是啊，聽說是你自願送那孩子去的？」飛黑點頭。

「不是自願！我是被強迫的，不得已才去的！」青兵衛咬牙切齒的說。「他酒意上身，眼睛已經有點發直：「那時候，我不得不假裝公主已經過世，因爲這個謊，久藏少爺一直不原諒我。我只是奉命行事，未免太慘了！」

「對、對不住啊！」飛黑苦著臉說。

「就是要飛黑賠罪，也無可奈何呀！」阿柔對別過臉生氣的青兵衛說：「我記得在喜宴上，久藏少爺很親熱的跟你說話，那樣子不像是討厭你啊？」

「阿柔，妳可不要被他騙了！」青兵衛綠色的臉變得更綠了：「自從那件事以後，每次久藏少爺見到我，就邀我去喝酒。可是，他的臉雖然在笑，眼睛卻沒笑，那是想跟我算帳的表情啊，太可怕了！」

這時，飛黑忽然匍匐在地，大哭起來：「爲什麼你這麼不幸，這麼可憐啊！青兵衛啊！」

阿柔和青兵衛見狀，在一旁小聲咬耳朵：「看來他喝醉了……才沒多久，就已經喝過頭啦！」

「他不像外表看起來那麼有酒量……明明長得就像個酒鬼啊！」

「是啊！據說他的夫人對他一見鍾情，硬是要嫁給他……天底下可眞是不缺新鮮事啊！」

雖然阿柔和青兵衛悄悄說起飛黑的閒話，飛黑卻像沒聽到似的，自顧自大聲說：「你們聽聽，說起難過的事，我才是每天都在忍耐啊！爲什麼我得用這一對雄偉的翅膀，從早到晚去追主子的甥兒呢？你們說，這不才是眞的可悲嗎？」

「甥兒？你是說津弓少爺嗎？」阿柔問。

「是啊！最近津弓和梅子小妖怪梅吉很要好，兩個經常結伴到處搗蛋，惹事生非。現在我已經不是奉行所幹練的捕快，變成天天忙著幫搗蛋鬼收拾善後的老僕了！」飛黑哭喪著臉說。

「唉呀，這也太……」阿柔欲言又止。

「老實說，我家主子太寵津弓少爺了！津弓少爺無論做什麼壞事，他都不會嚴厲責備，只有說教一下，再把津弓少爺關進房間罷了！你們知道被罵的是誰嗎？是我呀！是我代替少爺挨主子罵呀！」飛黑繼續吐怨氣。

「被月夜王公罵可不好過，你也挺可憐嘛！」青兵衛同情的說。

「不！」阿柔忽然語氣尖銳的說：「說起嚴苛，我的主子王蜜公主才是呢！她就像一陣風般忽隱忽現，難以捉摸，可是又很強勢，伺候她比什麼都難啊！例如這次喜宴，她突然出現，把我帶去華蛇族的宮殿，命令我給即將來參加的人類施法術……」

「這我倒是想問，爲什麼她得叫妳去呢？王蜜公主可以自己施法術啊！」青兵衛不解的問。

「王蜜公主雖然妖力強大，卻比較擅長施大型的法術，對製造幻象這種小技不太拿手……因爲她硬把我拖去，害我先前和朋友約好的聚會都泡湯了！本來今天是要暢飲上好的貓草酒啊！現在興致都沒了！」阿柔忿忿的說。

青兵衛和飛黑都回不了話，三個妖怪你看我，我看你，終於說：「愈想愈不是滋味啊！」「是啊，那我們……乾脆大喝一場吧！」「就這麼辦！今晚一直喝到天亮，就可以把不愉快的事都忘光了！」

於是，三個隨從的酒宴徹夜不散，一直暢飲到東方的天空發白。

3

天亮以後，飛黑、青兵衛和阿柔來接小孩了。彌助看到他們，不禁愣住：「你們的臉……好紅啊！」

「呵呵，不小心喝過頭了！」飛黑搔搔頭說。

「嗯……有點不知節制啊！」阿柔也不好意思的說。

「呃呃呃……」青兵衛只會呻吟。

飛黑和阿柔兩腳都站不穩，眼神也飄忽不定。青兵衛原本綠色的身體發黃，好像想說話卻說不出來。

這時候，小妖怪們從屋裡衝了出來：「爹爹，您回來了！」「爹爹，好好玩喔！我們在玩猜猜看，猜青兵衛大叔的小孩名字。」

「哦哦、唔唔……」青兵衛還是口齒不清。

「對了！丸藻猜中三隻蝌蚪的名字喔！」「丸藻好厲害啊！不過右京也猜中一個喔！」兩個小兄弟和丸藻爭先恐後的報告。另一邊，五十六隻蝌蚪拼命在木盆裡跳躍，對青兵衛叫著。

對著大聲嚷嚷的一群孩子們，三個妖怪家長臉色更土了，紛紛把耳朵摀住：「拜託拜託，小聲點啊！」「丸藻，不要大叫啊！」「呃呃……」

彌助看著他們的樣子，無奈的說：「我去泡醒酒茶，你們喝完再走吧，不然怎麼把孩子帶回去呢？」

「抱歉，拜託了！」「麻煩你了！」「呃呃呃……」三個家長回答。

「不客氣啦！」彌助說。這時，一旁的千彌好像不滿彌助對他們太好，冷冷的對三個家長說：「你們明知道要來接小孩，還喝得爛醉，未免太不知節制了！彌助，你不用泡茶，給這些傢伙喝水就行了！」

「千哥，你看他們可憐嘛！這三位也是客人啊！稍微大方一點，我們也不會少掉什麼的！」彌助安撫道。

「啊，彌助，你眞是個善良的好孩子！你們三個聽見沒？這茶得恭敬的喝，一滴都不能剩喔！」千彌又教訓他們。

「千哥，不要再說啦！唉呀，小朋友都去那邊玩好嗎？等你們的爹娘酒醒一點，就會帶你們回去。」彌助忙不迭說。

「是——！」孩子們齊聲答應。於是，三個家長昏沉沉的啜飲彌助端出來的茶。

這時，長屋的門忽然被拉開了，一個女人走了進來。

「打擾了！」說話的是初音公主的奶娘萩乃。

彌助當然嚇一大跳，但更吃驚的卻是飛黑。只見原來萎靡不振的飛黑，忽然像炒栗子一般彈起來，立正說：「太、太座大人，妳怎麼來了？」

「你們這麼晚還不回家，我來接小孩了！」萩乃說。

「阿娘！」右京和左京高興的奔向萩乃：「您有精神了嗎？」「不用再休息嗎？」

「嗯，我已經沒事了！抱歉讓你們擔心。老爺，該回家了！」萩乃轉向飛黑說。

「唉，我的胸口還在發熱……」飛黑咕噥道。

「你究竟喝了多少啊？」萩乃瞪他說：「不舒服是你活該！一直待在這裡，會給彌助添麻煩。要休息就回家休息，我伺候你就是了！」

「知、知道了！」飛黑乖乖點頭。

「那麼，謝謝照顧，各位多保重！」萩乃說完，就領著兩個小兄弟，後頭跟著飛黑，一起回去了。

彌助呆站了一會，好不容易才回過神，大叫起來：「哇！哇哇——！那是、是真的嗎？飛黑的太太是……？」

「沒錯，就是華蛇族的萩乃。」阿柔說。

「爲、爲什麼會這樣？我……雖然不好意思說，但他們實在不相配啊！奶娘是很美麗，可是飛黑那個樣子……聽說華蛇族不都是以貌取人嗎？」彌助呑呑吐吐的說。

「聽說當初是飛黑奉月夜王公之命，去拜訪華蛇族的宮殿，把甜餅送給萩乃，他倆才認識的。」阿柔又說。

「就憑個甜餅……也能釣上那樣的對象嗎？那個高傲美麗的奶娘？」彌助偏著頭問。阿柔有點不確定的轉頭問青兵衛：「他們的傳說是眞的嗎？」

「甜餅的話我不知道……不過，萩乃娘娘的確是對飛黑一見鍾情，主動倒追他，最後硬要飛黑娶她。這段傳說可是眞的！」

「哎喲！這世界上還眞有奇蹟啊！」彌助感嘆道。

「是呀！他們的姻緣被列入妖怪界七大奇蹟之一呢！」青兵衛笑著說。

「的確是呀！」彌助自我反省，不該對人有成見。原來一樣米養百樣人，不只是人類，妖怪界也是這樣啊！

飛黑一家在天色已經透亮的空中飛翔，萩乃問飛黑：「你還好嗎？快到家了，再忍耐一下吧！」

「呃，我沒事……倒是妳，可以下床了嗎？」飛黑關心道。

「嗯，反正再怎麼賴床也無濟於事。我雖然不甘心，但公主好像已經決心要跟久藏過一輩子了！這樣下去，只剩我自己在賭氣，也沒意思。唉……為什麼公主會看上那樣的男人啊？」萩乃深深嘆息。

這時，飛黑卻像下定決心般，對萩乃正色道：「太座大人，婚禮既然結束，服侍公主的工作也該告一段落了！妳是不是能放下華蛇族的奶娘身分，回來當我的老婆和孩子們的娘呢？」

萩乃聽了，只是沉默不答。

「這一個月當中，妳一直都待在家裡，我跟孩子們都好高興。從今以後，妳能不能多花點心思在家裡呢？」飛黑又問。

「是這樣嗎？」萩乃微微笑道：「可是我就算在家，也不太會做家事，也不會煮飯……」

「那妳不用擔心，家事我都會繼續做。」飛黑保證。

「對了，昨晚的菌菇湯很好喝……你可以再幫我煮一些嗎？」萩乃有點不好意思。

「當然好！現在已經入秋，我可以再煮一鍋妳喜歡的栗子燉飯。」飛黑爽快的說。

「哦，那太棒了！」萩乃終於開懷笑起來。

剎那間，她醒悟了：正因爲他是飛黑，自己才想和他結成夫妻。飛黑具有和他粗獷外表截然不同的細心和體貼，跟華服美顏卻缺乏內在的華蛇族男子正好相反。她就是被飛黑的個性吸引，才一心一意想嫁給他，甚至不惜捲鋪蓋去他家，才變成他的太座。

萩乃忽然很想念過去的自己。那麼，初音公主對久藏也是抱著同樣的感情嗎？她不禁悄悄責備自己：「眞糟糕，我到現在才知道初音的心情……眞是老糊塗了！」

「妳說什麼？我聽不清楚啊！」飛黑在一旁說。

「不，我只是自言自語罷了！倒是……」萩乃陶醉的看著飛黑。

「什麼呀？」飛黑問。

「你怎麼看，都是個好男子啊！」萩乃輕笑道。

「妳、妳不要消遣我！」飛黑不好意思的說。

「我是說眞的！右京、左京，你們不覺得爹爹很棒嗎？」萩乃問孩子們。

「當然了！」「最棒了！」兩兄弟回答。

「沒錯吧？阿娘也是，最喜歡阿爹了！」萩乃笑道。

「不要再說啦！」飛黑說著，用大翅膀遮住臉。

萩乃溫柔的看著他，覺得自己當初的選擇，一點都沒有錯。

國家圖書館出版品預行編目（CIP）資料

妖怪托顧所.5, 公主招親試煉/廣嶋玲子作 ; Minoru
繪 ; 林宜和譯. -- 初版. -- 新北市 ： 步步出版 ： 遠
足文化事業股份有限公司發行, 2022.08
面； 公分
ISBN 978-626-7174-02-9(平裝)

861.596　　111011693

1BCI0022

妖怪托顧所❺：公主招親試煉

作者｜廣嶋玲子
繪者｜ Minoru
譯者｜林宜和

步步出版
社長兼總編輯｜馮季眉
責任編輯｜徐子茹
美術設計｜蔚藍鯨

出版｜步步出版／遠足文化事業股份有限公司
發行｜遠足文化事業股份有限公司（讀書共和國出版集團）
地址｜ 231 新北市新店區民權路 108-2 號 9 樓
電話｜ (02)2218-1417　傳真｜ (02)8667-1065
客服信箱｜ service@bookrep.com.tw
網路書店｜ www.bookrep.com.tw
團體訂購請洽業務部｜ (02)2218-1417 分機 1124
法律顧問｜華洋法律事務所 蘇文生律師
印製｜通南彩色印刷有限公司

初版｜ 2022 年 8 月　初版 7 刷｜ 2024 年 8 月
定價｜ 320 元
書號｜ 1BCI0022
ISBN ｜ 978-626-7174-02-9